# El azar de la mujer rubia

# Manuel Vicent

# **El azar de la mujer rubia**

ALFAGUARA

© 2013, Manuel Vicent
© De esta edición:
2013, Santillana Ediciones Generales, S. L.
Avenida de los Artesanos, 6. 28760 Tres Cantos, Madrid
Teléfono 91 744 90 60
Telefax 91 744 92 24
www.alfaguara.com

ISBN: 978-84-204-1316-7
Depósito legal: M-39.497-2012
Impreso en España - Printed in Spain

© Diseño:
Proyecto de Enric Satué

© Imagen de cubierta:
Jesús Acevedo

PRISA EDICIONES

Alejandro no murió en Babilonia a los treinta y tres años. Se apartó de su ejército y vagó por desiertos y selvas. Un día divisó una claridad. Esa claridad era la de una fogata. La rodeaban guerreros de tez amarilla y ojos oblicuos. No lo reconocieron, pero le dieron acogida. Como esencialmente era un soldado, participó en batallas en una geografía del todo ignorada por él. Era un soldado: no le importaban las causas y estaba listo a morir. Pasaron los años, él se había olvidado de todo y llegó un día en que se pagó a la tropa y entre las monedas había una que lo inquietó. La retuvo en la palma de la mano y dijo: «Eres un hombre viejo; ésta es la medalla que hice acuñar para la victoria de Arbela cuando yo era Alejandro de Macedonia». Recobró en ese momento su pasado y volvió a ser un mercenario tártaro o chino o lo que fuere.

J. L. BORGES & ROBERT GRAVES

*El héroe sin memoria penetra en
el bosque lácteo con el Toisón
de Oro colgado del cuello.*

El 17 de julio del año 1936, a las cinco de
la tarde, que en España es la hora de matar reses
bravas, se levantaron los militares en África para
derribar a la II República y reponer a la Monarquía. El fracaso del alzamiento dio origen a la
guerra civil. Alfonso XIII, desde su exilio en el
Gran Hotel de Roma, contribuyó con un millón de pesetas para la causa. Su hijo, el joven don
Juan de Borbón, se ofreció voluntario para pelear
contra otros españoles en el bando nacional, un
deseo que no pudo cumplir por la expresa negativa de Franco. «Ése aquí no hará más que enredar.»
Franco jugó con una baraja que acabaría con todas las cartas manchadas de sangre. Cuando se
inició aquella gran corrida, Adolfo Suárez tenía
cuatro años. Don Juan Carlos estaba a punto de
llegar a este mundo. La mujer rubia lo haría poco
después. Con estos tres personajes, con un príncipe que partía ladrillos con la mano, con un simpático político de billar y con una mujer rubia malherida, la historia formó un triángulo, dentro del
cual echó los dados el azar, principio y final de
este relato.

Setenta y dos años después, el 17 de julio
de 2008, a la misma hora, cinco de la tarde, que

en España también es la hora de la siesta de baba
con una mosca vibrando en el cristal, el rey don
Juan Carlos visitó a Adolfo Suárez en su casa de la
Colonia de La Florida, en las afueras de Madrid,
para entregarle el Collar de la Insigne Orden del
Toisón de Oro, la condecoración de más alto ran-
go, sin duda muy merecida por los servicios que
este hombre había prestado a la Corona. De aquella visita queda un testimonio gráfico, en cierto
modo patético. El hijo de Suárez sacó una foto familiar de ambos personajes de espaldas, mientras
paseaban por el jardín de la mansión. En la imagen se ve al monarca en actitud afectuosa con el
brazo sobre el hombro del político, el primer presidente del Gobierno de la democracia. Parecía
uno de esos paseos que se dan después del orujo al
final de una larga sobremesa. «Vamos a estirar un
poco las piernas», se dice en estos casos, aunque
en realidad el rey estaba guiando a Adolfo Suárez
de forma amigable, pero inexorablemente, hacia la
niebla de un bosque lleno de espectros del pasado
bajo una claridad cenital, que se extendía sobre las
copas de los pinos y las ramas de los abetos.

Adolfo Suárez había perdido la memoria.
En ese momento incluso ignoraba su propio
nombre. Tampoco sabía que esa persona que lo
conducía hacia un destino incierto, protegiéndo-
lo y al mismo tiempo aferrándolo con el brazo,
era el rey de España. Adolfo Suárez no reconocía aquella voz, de la que había recibido tantas
cuitas en tiempos pasados, ni podía responder a las

preguntas que posiblemente le haría el monarca con su habitual desparpajo para distraerle durante el breve paseo por el jardín, que no serían sino comentarios banales para pasar el rato.

Probablemente el rey pudo recordarle aquel cochinillo asado que tomaron un día ya muy lejano en Casa Cándido, en Segovia, cuando él era príncipe y Adolfo Suárez, el joven gobernador de la provincia. Coronado con el gorro de cocinero y un delantal blanco hasta las canillas, Cándido apareció en el comedor, armado con un plato de cerámica de Talavera con el que comenzó a partir de forma muy violenta y sanguínea las costillas de aquel puerquito espatarrado dentro de la larga cazuela de barro con un perejil en la boca. Luego estrelló el plato contra el suelo, como final de un rito salvaje. Suárez no se acordaba, pero en ese momento pasó volando la mariposa del efecto mariposa: fue en ese almuerzo cuando estos dos personajes juntaron sus carcajadas por primera vez e hicieron chocar en el aire el vaso de vino. A la mariposa le bastó este hecho para torcer el curso de la historia. Lo más seguro es que Suárez pagara el almuerzo a cuenta del presupuesto y que la casa invitara a las copas. El príncipe no llevaba ni blanca. El caudillo apenas le daba para la gasolina de la moto.

Durante el paseo por el jardín de La Florida pudo salir también a relucir aquella tragedia de Los Ángeles de San Rafael, cuando se hundió la primera planta de un restaurante con quinientos comensales y Suárez rescató a muchos heridos bajo los escombros con sus propias manos. Más allá del cochinillo asado, sin duda a Juan Carlos el nombre de este gobernador Suárez se le quedó definitivamente grabado en la memoria por este lance. La nada es blanca. Suárez tampoco se acordaba de aquella hazaña ni de las correrías que realizaba con el príncipe. «Coño, Adolfo, tienes que acordarte de aquellas aventuras.» En aquel tiempo Juan Carlos se enmascaraba bajo el casco de la moto de gran cilindrada, enfilaba la carretera de La Coruña a ciento ochenta por hora y se iba a ver a su amigo, que le descubría refugios y ventorrillos por la sierra de Gredos, donde se comía una excelente tortilla de patatas y una cuajada de primera calidad; después, sobre una mesa tocinera, ambos jugaban de pareja al mus contra el que se pusiera por delante, el propio ventero o cualquier arriero que pasara por allí, incluido algún gitano si se terciaba. También practicaban motocross por las trochas del Guadarrama y puede que Suárez le señalara al príncipe algunos rincones secretos para algún encuentro furtivo en el caso de que los necesitara. Fueron escapadas que sellaron una amistad. En el mus Suárez era roqueño, pero en todo lo demás, a los chinos, a las siete y media o si les daba por echar un pulso, el gobernador se dejaba ganar por el príncipe. Si Franco no le daba una peseta para gasolina, tampoco nadie daba un duro por su futuro político. Salvo Suárez.

En la conversación de aquella tarde en el jardín de La Florida, pudo pronunciarse también el nombre de Carmen Díez de Rivera, aquella rubia de ojos azules rasgados que el príncipe recomendó a Suárez como secretaria cuando le nombraron director de televisión. Ese nombre produciría, sin duda, un silencio embarazoso, porque Suárez siempre sonreía con labios muy blandos cuando lo oía en boca de alguien. En algunas ocasiones la niebla de su memoria se iluminaba con la ráfaga de aquella joven de ojos acuáticos. La veía huyendo como una corza malherida con un doble dardo, perseguida por dos cazadores hasta el soto del valle; puede que aquella tarde dentro del cerebro de Suárez sonara una carcajada explosiva, muy borbónica, que procedía de muy lejos, seguida de una voz hueca dentro de una campana neumática. «Todo el mundo decía que era tu amante. Confiesa, ¿te la llevaste a la cama?» En la desmemoria de Adolfo Suárez aquella voz volvió a tomar el tono de una lejana confidencia que, tal vez, había oído o soñado un día.

El rey pudo contarle un hecho que nunca se había atrevido a reconocer ante nadie. La tarde del 3 de julio de 1976 había nombrado presidente del Gobierno a Suárez gracias a aquella chica rubia, la hija de los Llanzol, de la que todo el mundo estaba enamorado. Sólo algunos conocían su enredo familiar, todo un melodrama, que daba para un intenso culebrón. Pero España tenía mucho que agradecer al azar de aquella chica rubia, que se cruzó en la vida del príncipe y de Suárez, aunque nadie la tomó en serio porque era demasiado guapa. Cuando la imagen de aquella mujer se apoderaba de su mente perdida, Suárez comenzaba a balbucir la melodía de una canción, que en los buenos tiempos sonaba en el altavoz de la piscina El Lago de Madrid.

Puede que la historia no esté bien explicada en este caso. No fue Fernández Miranda, sino Carmen Díez de Rivera, la que desplegó todas sus artimañas, que no eran pocas, ante su amigo íntimo el rey Juan Carlos para que los miembros del Consejo del Reino incluyeran a Suárez en la terna de candidatos a la presidencia del Gobierno, junto a López Bravo y Silva Muñoz. Unos días antes el rey se encontró con Areilza, conde de Motrico, y le dijo: «José María, cuento contigo». «Gracias, majestad», respondió Motrico con una gloria anticipada en los ojos. Pensó que lo iba a nombrar presidente del Gobierno. Aquella tarde Areilza abrió varias botellas de Moët & Chandon en su residencia de Aravaca rodeado de un grupo de amigos para celebrar por anticipado el pretendido y acariciado nombramiento. Sacó los ternos, los entorchados, el fajín, el chaqué, los tafetanes y el cuello duro del armario. Sus partidarios lo felicitaban de antemano, le reían las gracias, le pedían cargos, de hecho esa misma tarde Areilza comenzó a nombrar ministros, pero ninguno de ellos había interpretado bien las palabras del monarca. No sabían que, si un rey te dice que cuenta contigo, es para algo desagradable y espera tu fidelidad, tu lealtad en un momento amargo. En el chalé de Aravaca sonó el teléfono. Un espíritu burlón comunicó la noticia a todos los allegados cuando tenían la copa de champán en el aire. «Oíd bien esto, amigos, aunque suene a disparate. El rey acaba de nombrar a Suárez presidente del Gobierno.» Todos cayeron desplomados en los sillones.

Antes de penetrar en el bosque lácteo de su cerebro, el rey, con el brazo en el hombro de Suárez, pudo decirle: «Te elegí a ti, ¿no recuerdas? Si fuiste presidente del Gobierno, se lo debes al empeño personal de aquella chica rubia que te recomendé. Los grandes cambios de la historia se escriben a veces en un ala de mariposa. Haz memoria. Tú has sido presidente del Gobierno de España. Un día tuve que prescindir de ti, aunque te jugaste el pellejo como un héroe ante los militares golpistas, pero te hice duque, no te puedes quejar». Suárez no se acordaba, aunque en la niebla de su memoria, si el rey pronunció estas palabras, esta vez también sonaría aquella lejana canción superpuesta al rostro de una chica rubia con una toca de monja que caminaba por el claustro del convento de clausura de las carmelitas descalzas de Arenas de San Pedro. A menudo esa imagen le abrasaba el cerebro. A esa chica rubia, unas veces la veía de misionera o de cooperante en un poblado del África negra y otras estaba tendida con un bañador de flores amarillas en una tumbona en la piscina El Lago de Madrid o en la cubierta de un velero en aguas de Mallorca. Suárez comenzó a tararear para sí: «Cuando calienta el sol aquí en la playa, siento mi cuerpo vibrar cerca de ti». Siempre lo hacía de forma inconsciente cuando pensaba en ella. Era su canción. La canturreaba también ahora mientras el rey de España lo conducía hacia el bosque. De pronto dejó de cantar. «Veo que cojeas un poco, amigo», dijo Suárez. «He hecho tantas animaladas en mi vida, querido Adolfo, que tengo los huesos hechos polvo», le contestó el rey.

Durante el paseo por el jardín, Adolfo Suárez, en todo caso, sólo tuvo impresiones sensoriales, que después de atravesar su mente se diluían al instante fragmentadas en la niebla de su memoria perdida: este señor que camina a mi lado me quiere, pone la mano en mi hombro, lleva un anillo de oro en el dedo meñique, cojea un poco, me gustan sus zapatos, huele a colonia lavanda, me habla de un cochinillo asado, de una chica rubia, de sus huesos rotos, de una partida de mus, no para de hablar, me aturden tantas palabras. Este señor tan amable me acaba de regalar un collar con varias chapas de oro.

Ambos, el rey y Suárez, se detuvieron en el límite del jardín de la mansión bajo un abeto, que recogía el último sol de aquella tarde; el monarca le dio un abrazo pero antes de que lo empujara suavemente hacia el interior del bosque, Suárez se sacó del bolsillo interior de la chaqueta un papel con un mensaje escrito. Se lo mostró al rey, quien lo leyó con una sonrisa. A continuación quiso comparar la calidad de los zapatos que llevaba aquel desconocido con la de los suyos. Puso los pies junto a los del monarca y exclamó: «Mis zapatos son más bonitos que los tuyos». Luego comenzó a caminar solo por un sendero que se bifurcaba sucesivamente en los vericuetos de su mente perdida. De pronto volvió el rostro hacia el monarca y le dijo: «No te conozco, no sé quién eres, pero creo que te quiero». Y continuó caminando. No se sabe el tiempo que pasó desde que el rey lo hubiera abandonado.

*En el momento en que Suárez fue fusilado al amanecer no dejaron por eso de cantar los pájaros.*

Durante un tiempo Adolfo Suárez creyó que había sido fusilado. En mitad de la travesía del bosque lácteo, Suárez un día vio pasar algunos camiones del Ejército cargados de gente de paisano con las manos atadas a la espalda y el terror grabado en los rostros. Sobre el estruendo de los motores emergían lamentos, llantos y blasfemias. Desde el fondo de un barranco, a través del ramaje abrupto le llegó un sonido de descargas de fusil precedidas de últimos alaridos. Los disparos, no muy lejanos, se producían con una cadencia precisa, seguidos de un silencio y poco después sonaban varios tiros separados, tac, tac, tac, y así sucesivamente, que eran tiros opacos de gracia, aunque él no lo sabía. No obstante los pájaros seguían cantando. Cantaban los mirlos, se desgañitaban las urracas, también seguían bullendo todos los bichos e insectos de un bosque cualquiera como si no pasara nada.

A la salida del sol, en un claro, Suárez divisó a un pelotón de soldados sentados alrededor de una fogata que comían sardinas de lata y se pasaban una bota de vino. Eran nueve y cada uno llevaba un mosquetón cruzado sobre las rodillas. Su mente difusa logró discernir que aquellos soldados estaban al mando de un sargento, quien le dio el alto con voz muy autoritaria, llena de aguardiente, puesto que tenía en una mano una pistola y en la otra una botella de anís del Mono. Nadie le pidió que se identificara; todos sabían de sobra quién era. El sargento dijo: «Aquí llega el galán. Por su culpa España se ha cubierto de mierda y a nosotros nos toca limpiarla. Anda, ven para acá, que te vamos a hacer un regalo. Vas a pasar a la historia a cambio de diez gramos de plomo». Uno de los soldados lo agarró del brazo y lo condujo con determinación hacia el tronco de un árbol. Le ató las manos a la espalda y mientras esto hacía, le dijo: «El sargento hoy está de buenas y te concede la gracia de morir con los ojos tapados». Sin esperar respuesta, el soldado le cubrió el rostro con un retal de esparto, que estaba empañado con las lágrimas de cuantos le habían precedido en la suerte, y esa súbita oscuridad hizo que Suárez se acordara de que era el presidente del Gobierno derrocado por unos golpistas.

El sargento mandó formar al pelotón y se dispuso a dar las órdenes de rigor: «¡Preparados!, ¡carguen!, ¡apunten!...», pero antes de pronunciar la palabra «¡fuego!», el presidente Suárez tuvo un pensamiento para ella. Alta, esbelta, rubia, transparente, con los ojos plateados llenos de luz, así vio en ese momento supremo a Carmen Díez de Rivera. Luego le bastó un segundo más para verse a sí mismo como un derrotado al que iban a pasar por las armas.

Pero fuera del enredo de su memoria las cosas habían sucedido de otro modo, que Suárez ya no recordaba sino en tinieblas. Estaba en la cabecera del banco azul en el Congreso de los Diputados la tarde del 23 de febrero de 1981 cuando entró en el hemiciclo un teniente coronel al mando de un centenar de guardias civiles con la guerrera despechugada trasportados por autobuses La Sepulvedana con las cortinillas corridas. Oyó los gritos: «¡Quieto todo el mundo! ¡Al suelo!, ¡Al suelo!», gritos que ya se habían incorporado al subconsciente colectivo de toda España. El teniente coronel Tejero se había encaramado en el estrado de la presidencia con una pistola, que le llenaba toda la mano, y luego comenzaron a sonar tiros, ráfagas de metralletas, «¡Al suelo!, ¡al suelo!», repetían otros guardias, y como presidente del Gobierno, mientras todos los diputados, excepto Santiago Carrillo, ligeramente escorado contra el antebrazo de su asiento, daban con la tripa en la alfombra bajo los escaños, él tuvo que jugarse el pellejo al salir del banco azul a proteger al teniente general Gutiérrez Mellado, zarandeado por el teniente coronel, un acto de heroísmo por el cual la historia le recompensó con un vídeo que después sería todo su patrimonio. «Al suelo, nunca —pensó Suárez en ese momento—, el hombre ha tardado dos millones de años en ponerse de pie para que venga ahora un demente hijo de puta y nos obligue a ir otra vez a cuatro patas. Yo no, por mis cojones». Su arrojo no le sirvió de nada. Lo sacaron del hemiciclo de madrugada y lo encerraron a solas en una estancia del Congreso hasta la salida del sol.

Gutiérrez Mellado era el único general en la historia a quien la buena estrella había concedido el privilegio de exhibir en directo ante las cámaras su gallardía. A los generales no se les exige arrojo personal, sino talento táctico que deben demostrar sobre los mapas desplegados en los tableros del Alto Estado Mayor cuando traman la estrategia de una batalla. El heroísmo militar se produce en las trincheras, en las campas, en los barrancos donde no llegan los corresponsales de guerra. Pero Gutiérrez Mellado tuvo la suerte de demostrar su coraje en directo ante las cámaras de televisión, hasta el punto de que su gesto de valor se convertiría en un bien de consumo el día de mañana. En un tiempo de pollinos electrónicos, cuya filosofía existencial se reduce a un cúmulo de imágenes, dígitos, marbetes, diseños, envases y marcas, los telespectadores podrían contemplar en la pantalla, entre una catarata de perfumes, licores, refrescos y jabones activos, un bello gesto de arrojo personal, apto para el consumo.

Aquel vídeo del 23 de febrero era ya un pliego de cordel o un cantar de ciego, que se repetía en todas las ferias, pero Suárez lo ignoraba. A partir del momento en que un milico lo sacó del hemiciclo del Congreso, había perdido la memoria. Pero si ahora lo iban a fusilar, no había duda, es que el golpe había triunfado. En el bosque donde se había perdido creyó recordar que, a una hora incierta de la madrugada, irrumpió en la carrera de San Jerónimo una compañía de la División Acorazada al frente de varios carros de combate para detener al loco de Tejero, un guardia civil descerebrado que había puesto el Estado patas arriba. Se trataba de restablecer el orden, como así fue. El teniente coronel Antonio Tejero, el causante de la asonada, había sido detenido y encarcelado en un castillo militar. El Ejército había acudido al Congreso a salvar a la democracia y se había quedado en el poder, como el bombero que después de apagar el fuego se autoinvita a cenar, luego exige dormir en la cama del amo de casa, pide el desayuno por la mañana y así sucesivamente hasta cuarenta años más. De esta forma se había establecido una nueva dictadura, con la promesa de convocar elecciones en un tiempo indeterminado. Los telediarios y boletines informativos de la radio no hacían sino repetir cada hora un bando copiado del que pronunciaron los conjurados el 17 de julio de 1936, que también se levantaron con el pretexto de defender a la República frente al desorden. En aquella ocasión el asesinato de Calvo Sotelo les fue servido en bandeja. Esta vez la estratagema militar del golpe también había funcionado. Tejero sólo era un patriota demente que había sido lanzado como cebo en medio de la pista de un circo para ser devorado por las fieras, por los propios militares, una excusa para levantarse y apoderarse del Estado. ¿Quién le había impulsado desde la sombra a cometer esa locura? Ése sería un tema para grandes tesis doctorales el día de mañana. Mientras Tejero estuvo preso, sus partidarios acudieron a la cárcel a ofrecerle dádivas, vino de Rioja, empanadas, jamones, enseñas de la patria, vírgenes del Pilar, Quijotes de madera, banderillas y estoques de torero. Después de un juicio somero lo mandaron a un exilio de lujo a Argentina, donde regentaba un restaurante de asados.

En la mente de Suárez siguió un periodo de confusión y poco después oyó gritar: «¡Fuego!», en medio del bosque. El pelotón descargó el plomo de sus mosquetones y en lugar de caer acribillado, Suárez se sintió liberado de las ataduras; el sargento le dio una palmada en la espalda y le mandó que siguiera camino. «Adelante, amigo, a partir de ahora arréglatelas como puedas, tuya es la historia», le dijo. Cuando le cayó la venda de los ojos al suelo, se sorprendió al no ver a nadie a su alrededor; comenzó a caminar, cosa que hizo con catorce agujeros en el cuerpo como medallas chorreando sangre, que diría un mal poeta, aunque el impacto de los catorce proyectiles, después de atravesar su carne, había formado el escudo heráldico del Toisón en el tronco de aquel alcornoque contra el que había sido pasado por las armas y donde sólo había un perro lobo ahorcado. Hubo un hecho extraño. Con la descarga, los pájaros ni siquiera enmudecieron, como suele suceder siempre ante las descargas de los fusileros, y Suárez caminó atravesando la algarabía de todas las aves que habían enloquecido en el bosque.

Poco después, indemne y con la memoria perdida, se encontró sentado a la orilla de un río en cuyo remanso se reflejaba el Toisón que llevaba colgado del cuello. Las catorce chapas brillaban sobremanera en el espejo del agua. A su alrededor había desechos podridos de una fiesta campestre que pudo haberse celebrado allí hace muchos años, envases de helados, matasuegras, botellas de Coca-Cola y tetrabriks de vino Don Simón, troncos chamuscados, parrillas oxidadas donde pudieron asarse chorizos y sardinas. Se sorprendió al ver entre otros despojos lo que parecía ser el rabo de un demonio, según lo dibujaban los cuentos de terror religioso: un apéndice peludo de más de medio metro rematado en forma de flecha. Alguien lo había cortado de raíz o se había desprendido por sí mismo de la rabadilla de su propietario. A Suárez le asaltó la imagen de su amigo Santiago Carrillo. Recordó que entonces se decía que Carrillo tenía rabo como el demonio. Puede que lo hubiera perdido en aquella fiesta. Entre otros papeles fermentados también había un periódico, con fecha 2 de marzo de 1981, veintitantos años atrasado, en cuya primera página, en grandes titulares, Suárez a duras penas pudo leer:

EL EJÉRCITO SE HACE CON TODOS LOS RESORTES
DEL ESTADO. EL ORDEN REINA EN LAS CALLES
DE TODO EL PAÍS

El poder no lo ostentaba Milans del
Bosch ni el general Armada. Al parecer, en medio de la confusión de última hora, en la noche
de la asonada, ambos generales se habían neutralizado mutuamente por la propia ambición y sus
espadas se cruzaron. Armada había jugado a dos
paños, uno a favor de un golpe de timón con el
supuesto consentimiento del rey, y otro calentán-
dole la cabeza a Milans con un pronunciamien-
to militar en toda regla para controlar un golpe
muy duro programado en los cuarteles por una
facción de coroneles y comandantes. En ambos
paños Armada se ofrecía como solución interme-
dia, pero a última hora le faltó cintura, su juego
quedó al descubierto y un coronel anónimo, que
emergió de la oscuridad del cuartel de Campamento unos días después, había aprovechado
una coyuntura de vacío de mando, se había apoderado de todos los resortes del Estado y había
instalado un régimen autoritario. Era el nuevo
dictador. Su rostro estaba en todas las vallas, periódicos y noticieros.

En ese diario enmohecido Adolfo Suárez
pudo leer con todo pormenor la forma en que
tanto él como Santiago Carrillo y Gutiérrez Mellado habían sido pasados por las armas. En cam-

bio, no se daba noticia de otros políticos encarcelados ni del aluvión de demócratas cazados de madrugada en sus casas o en sus guaridas, que llenaban las gradas del estadio Vicente Calderón a la espera del destino aciago de un juicio sumarísimo, ni de las matanzas que había perpetrado en Valencia, en Barcelona y en el País Vasco un grupo que se autodenominaba Nuevo Amanecer. En el periódico tampoco se daba ninguna noticia del paradero del rey. Se suponía que había volado a Londres con toda la familia.

De todas formas, sucedía algo extraño con la lectura del periódico. La opinión pública parecía estar dividida. Unos creían que el golpe de Estado había triunfado, otros lo negaban, según el criterio con que cada uno leía las noticias y las aplicaba a su vida. A simple vista la democracia seguía como si no hubiera pasado nada, la libertad formal continuaba, la gente seguía yendo a El Corte Inglés y a Benidorm, de hecho el nuevo presidente se llamaba Calvo Sotelo, pero en otro sentido el miedo se había apoderado de la sociedad, los políticos se sentían vigilados y llenos de terror, aunque seguían vivos y ocupaban sus escaños del Congreso como antes. En la mente de Adolfo Suárez a veces aparecían figuras, sombras, sonidos, palabras, sensaciones inmediatas, siluetas lejanas. En el periódico había leído una extraña historia que Suárez creyó que él mismo había vivido. Era un cuento de domingo escrito por un autor de moda.

Hubo un famoso líder político que había conquistado grandes espacios de libertad para su patria hasta que fue derrotado en una asonada memorable en la que él, pese a la mala suerte, se comportó como un héroe. Su partido, diezmado, se disolvió en desbandada y el famoso líder se perdió en un bosque. Pasaron muchos años. El hombre, expuesto al azar de la vida, había tenido otras experiencias, no menos excitantes, antes de convertirse en un líder político. Fue marinero de fortuna y recaló en muchos puertos; fue mercader y comerció con piedras preciosas y perfumes; fue guía de caravanas de camellos por el desierto y un día se puso al servicio de un rey, gracias a una doncella de la corte a la que había enamorado. Después de servirlo con lealtad probada, el monarca lo nombró ministro de Las Llaves de la Alcoba Real y le concedió un título de nobleza e incluso mandó acuñar una moneda de cobre con el perfil de su efigie. La mala fortuna quiso que cayera en desgracia por la conspiración de otros cortesanos movidos por la ambición y la envidia por considerarlo un advenedizo. También aquella doncella de increíble belleza lo había abandonado. A partir de ese momento, sin nadie a quien acudir, le visitó la pobreza y aquel famoso político acabó siendo un pordiosero, muy parecido de semblante al que ahora se reflejaba en el remanso de ese río que transcurría bajo la mirada de Suárez. Pasaron más años todavía y el mendigo envejecido y sin memoria llegó a una ciudad donde había un ruidoso bazar con gritos de buhoneros y sacamuelas que contaban hazañas de otros tiempos. «Oigan, señores, lo que una vez sucedió en un país que se llamaba España. Un guardia civil de naipe entró una tarde en el Congreso...» En el bazar la gente adquiría especias, baratijas y alimentos con una única moneda de curso legal. A las puertas de una tienda donde se expendían collares de ámbar el mendigo comenzó a pedir limosna con la mano tendida canturreando una vieja canción de juventud. De la tienda de ámbar salió una mujer muy hermosa, de ojos acuáticos, que pertenecía a la familia del visir. Ella le dio una limosna. Como había pasado por infinitas manos, el cobre de aquella moneda estaba sucio y había perdido los relieves. El mendigo tuvo un presentimiento. Frotó la moneda contra sus harapos y en ella apareció la imagen del propio mendigo, de cuando era servidor y primer ministro de un rey que la había mandado acuñar en su honor.

Adolfo Suárez se quedó pensativo contemplando la corriente del río que se llevaba el periódico que acababa de leer.

*La pequeña historia de una tragedia*
*que obligó a nuestro héroe a conocer*
*a un príncipe y a recordar su niñez.*

Durante el camino, Adolfo Suárez vio a un hombre con la gran tripa derramada bajo la guayabera y las axilas muy sudadas, que al parecer también se había extraviado. Estaba sentado en un tronco derribado por un rayo al borde del sendero y tal vez esperaba a que pasara alguien por allí para poder hablar. Suárez le preguntó: «Amigo, ¿cómo te llamas?». «En Burgo de Osma, el pueblo donde me parieron, a mi familia nos llamaban los Fanfarrones. Yo soy el mayor de dos hermanos. Y tú me tienes que recordar», contestó el hombre.

Sus palabras sonaron unidas al murmullo de la corriente del río que discurría entre un intrincado tejido de zarzas y helechos. El hombre tenía más o menos la edad de Suárez y era gordo como el buey Apis. Había llegado hasta allí recién salido de la cárcel con el indulto que le concedió Franco por haber ganado un campeonato de parchís. «Tú me tienes que recordar porque gracias a mí te dieron la primera condecoración, la Cruz del Mérito Civil o algo parecido, cuando eras un joven aguerrido, gobernador de Segovia. Gracias a mí conociste a un príncipe.» Suárez no recordaba nada. «¿Qué pasa, que no te dice nada mi cara? Te advierto que ya no quedan muchas como la mía.»

Para que hiciera memoria, el hombre comenzó a contarle una historia real o inventada, sólo por pasar el rato. Le contó cómo se hizo rico. Cuando llegó a Madrid a buscarse la vida, pobre como una rata, allá por los años cincuenta del siglo pasado, el hombre iba a desayunar todos los días a la cafetería Sonora, en la calle Tres Cruces, a espaldas de la Gran Vía, la única que tenía una barra larga al estilo americano. Todos los clientes que coincidían a esa misma hora de la mañana se saludaban, buenos días, buenos días, tenían una familiaridad trabada después de tomar más de mil churros o mil porras empapadas en el café con leche, uno al lado del otro, en los taburetes del mostrador. Uno de los parroquianos habituales era un famoso general, del Opus, muy ligado al Generalísimo Franco, millonario por casa, con grandes negocios en su cartera, con muchos consejos de administración a sus espaldas. El hombre de la guayabera sabía que ese general llevaba una doble vida: tenía de amante a una puta del bar Chicote. Habría sido un gran escándalo si en aquellos años ese lío se hubiera destapado. En el bar Chicote funcionaba todavía el mercado negro de la penicilina.

«Un día se me ocurrió una idea genial para salir de pobre —contaba el hombre de la guayabera sin que se adivinara si hablaba de broma o de veras—. Sabía que el general llevaba a su amante al restaurante El Viejo Valentín una vez a la semana a almorzar, siempre a la misma hora, dos y media de la tarde. Los vigilé durante unos meses. Esperé mi oportunidad en una esquina estratégica. Aquella vez, al verlos pasar en el coche por la calle de la Montera, me llegó la inspiración. Me dije: ahora o nunca, o me mata o me hago de oro, allá voy».

Las malas lenguas daban por bueno que se había tirado a las ruedas del coche a propósito y, bien porque era verdad o por hacerse el gracioso, él nunca lo negaba. La calle de la Montera solía estar muy concurrida a esa hora, los peatones cruzaban la calzada sin respetar los semáforos, un desorden ideal, el coche iba despacio, gracias a eso el atropello, casual o provocado, no fue grave, pero aun con todas las ventajas el golpe le rompió un brazo al hombre. El general salió del automóvil muy angustiado y se encontró cara a cara con aquel cliente que desayunaba todos los días a su lado en el taburete de la barra de la cafetería Sonora. «"Mi general, ni un problema", le dije mirando a la puta, que se había tapado el rostro con el bolso. "No es necesario que demos parte de este accidente a la Policía. Yo me hago cargo de todo bajo mi responsabilidad. Aquí no ha pasado nada." ¿Sabes?, le evité el escándalo. Un general del Opus con una prostituta, un militar amigo del Caudillo, casi nada, eh, amigo, ¿cómo lo ves? Bien explotado era un negocio más rentable que las jodidas minas del rey Salomón.»

Unos días después el atropellado se presentó en la cafetería Sonora con el brazo en cabestrillo. «Buenos días, mi general.» «Hombre, Jesús, cuánto te agradezco que me libraras de ese embrollo, lo siento de veras.» «Nada, nada, a sus órdenes siempre, mi general, yo soy un tipo legal, capaz de cualquier sacrificio por un amigo.» Después de verlo todas las mañanas con el brazo escayolado, el general empezó a sentirse atrapado. Sin necesidad de pedirle nada, para que siguiera con la boca cerrada, el general le hizo socio de un negocio de importación de coches. Eso fue sólo el principio. Después le ayudó a montar un emporio inmobiliario en Los Ángeles de San Rafael, con un restaurante por todo lo alto.

En un segundo de lucidez, como un claro que se abre entre dos nubes opacas sobre la copa de los árboles, Suárez creyó haber oído el nombre de aquel tipo, Jesús Gil, en alguna parte, tal vez como responsable de una catástrofe que causó más de cincuenta muertos. Adolfo Suárez creyó haber leído en alguna parte esta historia.

Fuera del bosque las cosas sucedieron así. El 15 de junio de 1969, a las tres menos cuarto de la tarde, durante una convención de una cadena de supermercados, la primera planta del restaurante cayó a plomo y se tragó a quinientos comensales bajo un montón de ladrillos y argamasa todavía húmeda sin fraguar. Las crónicas de la tragedia decían que el gobernador de Segovia, un tal Adolfo Suárez, se portó como un héroe. Salvó a muchos heridos con sus propias manos. Le fue concedida la Cruz de la Orden del Mérito Civil.

«Pero yo soy un tío con un par de huevos. Me hice cargo del asunto como responsable. Fui condenado a cinco años, pero sólo de boquilla porque a los dos meses el Caudillo me dio un indulto personal, gracias al general amante de la prostituta de Chicote. En la cárcel me proclamé campeón de parchís y al salir de prisión me pasé a España por los cojones. Me sigo dedicando a la construcción. Pronto Marbella será toda mía. La voy a llenar de mármoles, agentes de seguridad y putas de lujo. Los jeques de Arabia tienen allí sus palacios y mis sicarios ya aplauden mientras algunos señoritos defecan como una gracia dentro de las piscinas. Yo soy un tío con suerte. Un héroe de la patria como tú es lo que yo necesito para fundar un partido. Quiero fundar un partido independiente y liberal que me permita dar las órdenes desde un jacuzzi con unas golfas marranas chapoteando conmigo. Mira ahora esta tripa tan gorda. Está llena de millones, gracias al cabezón grabado en esta moneda de cobre que tengo en la mano, el primer dinero que gané jugando a las chapas en la plaza de Burgo de Osma cuando tenía nueve años. Es mi amuleto.»

Sentado en el tronco a su lado, Suárez le pidió que le enseñara esa moneda. El hombre la frotó con los dedos para quitarle la grasa y luego se la mostró. Le dijo que la llevaba consigo como si fuera la de Alejandro Magno, porque le daba suerte. Era una moneda de cobre roñoso de diez céntimos en la que se veía la cabeza de Fran-

cisco Franco rodeada por una leyenda que decía:
«Caudillo de España por la gracia de Dios». «Ah
—exclamó Suárez—, con esta moneda de cobre
yo compraba regaliz de palo en Cebreros cuando
era un niño».

En la niebla blanca de su memoria aquella moneda de Franco le abrió unas pequeñas is-
las de sol y en ellas aparecían con toda nitidez
fugaces secuencias de su niñez de monaguillo en
el pueblo de Cebreros, el lugar donde nació. Allí
la familia de su madre tenía una bodega de alcoholes, Anís González, con otros vinos y licores
acreditados. También se le cruzaban imágenes
de los primeros años en Ávila, las del seminario de
San Juan de la Cruz y de Santa Teresa donde lo
metió el cura don Baldomero, después las del
instituto, de aquí para allá con suspensos y apro-
bados raspados. No se le había ido todavía del
fondo de la nariz el olor mezcla de cera e incien-
so cuando era un adolescente de comunión diaria, que llevaba el estandarte de los jóvenes de
Acción Católica, de la que llegaría a presidente
del Consejo Diocesano. «Ser apóstol o mártir
acaso, mis banderas me enseñan a ser», cantaba,
muy elegante con su traje gris marengo, zapatos
de Segarra, calcetines blancos, corbata a rayas y
pasador dorado con escudo del Real Madrid,
donde jugaba Ipiña, su ídolo. Cuando abandonó
la idea de hacerse cura para salvar almas siguió
siendo un muchacho noble y arrojado. En las capeas de la plaza del pueblo era el más valiente, el

que mejor recortaba a morlacos resabiados de siete hierbas, el más admirado y aplaudido por las chicas desde las talanqueras. Algo indómito le brotaba en el pecho. Quería salvar al mundo, llegar muy lejos, dar alcance a la caza más alta, ese sentimiento que a veces se le quemaba en la brasa del cigarrillo, ese Bisonte sin filtro que golpeaba con elegancia contra un nudillo, castigando a la chica enamorada con la mirada. «Estudio para abogado en Salamanca por libre. Algún día tendré mucho mando», le decía.

En el bosque lácteo Suárez pudo recordar como una ráfaga la primera vez que fue a comprarle tabaco al gobernador civil de Ávila, Herrero Tejedor, del que había conseguido un puesto de secretario, gracias a la recomendación de un fiscal amigo de la familia. «Joven, ¿estás dispuesto a salvar a la patria?», le preguntó el preboste. «Sí, jefe.» «Entonces deberás empezar por el principio. Acércate al estanco de la esquina y cómprame una cajetilla de Ducados. Y después tráeme un café cortado.» «A sus órdenes, jefe. Ardo en deseos de darlo todo por España», contestó Suárez. «En ese caso, muchacho, sigue mis consejos. Si quieres llegar lejos en política no te olvides nunca de mandar un ramo de flores a la mujer parturienta de cualquier mandamás. Usa tu memoria para recordar el nombre y apellido, la onomástica y cumpleaños de los superiores en el mando. Aprovecha que tienes una dentadura de primera calidad para reír hasta la carcajada las gracias de tu jefe inmediato, venga o no a cuento, y es importante que en algunos casos se te vea incluso la campanilla del gaznate. Aprende a terminar los abrazos dando palmadas madrileñas en el costillar, lo mismo del amigo que del enemigo. En principio dale la razón a todo el mundo, hasta el momento en que sepas que te la deben dar a ti y entonces exígela con autoridad, sin miedo. Más que el talento, en política lo que vale es la cintura. Me han contado que en Cebreros recortabas muy bien a los toros en las capeas. Parece que tenías un quiebro perfecto. Aplícalo para sortear a los pelmazos, moscones y pedigüeños en los pasillos del Gobierno Civil y a los que en el futuro, cuando ya seas alguien, traten de darte una estocada por la espalda. Por cierto, yo soy del Opus Dei. Tú verás lo que haces.»

Suárez tenía esa disposición política de chico para todo. Además de comprarle tabaco a su protector, siguió sus consejos, ingresó en el Opus y comenzó a desarrollar las artes clásicas del simpático enredador de antedespacho. Infinitas llamadas por teléfono con el santoral al día, innumerables apretones de manos sacando el codo para frenar el impulso del saludado, el guiño con el ojo izquierdo o derecho, depende del personaje, ese gesto de liberar la yugular del dogal de la corbata tirando desde arriba la quijada, mientras se alarga la muñeca en el aire para extraer el puño de la camisa, felicitaciones en bautizos, comuniones, bodas y éxitos en oposiciones, en ascensos y medallas, pésames en entierros y funerales, de mayor a menor según escalafón, a merced del olfato, pero con la nariz siempre puesta en un único destino en lo universal, el de llegar a conquistar el gallo que está atado en la punta del palo enjabonado.

A veces atravesaba un breve espacio lleno de sol y entonces su memoria se iluminaba por un instante para sumirse a continuación en la niebla. En este caso recordaba con cierta nitidez escenas de su tierna infancia, de su niñez, de su primera juventud, sus primeras imágenes en el espejo de su casa de Ávila, junto con sus hermanos; en cambio, la oscuridad era cada vez más impenetrable a medida que el sueño de su vida se acercaba al presente.

Cuando empezó la guerra civil, Adolfo Suárez tenía tres años, había nacido en septiembre de 1932. Su padre, Hipólito Suárez, era un procurador de tribunales con antecedentes republicanos, un truhán muy simpático. Este trápala había abandonado a la familia; a su sufrida mujer doña Herminia la había dejado rezando el santo rosario en la mecedora junto a sus cinco hijos y se había ido a Madrid sin dejar rastro, detrás de unas faldas.

Tal vez un día Adolfo Suárez había sido vendedor de electrodomésticos puerta a puerta o presidente del Gobierno español, extra de una película de Frank Sinatra y Sofía Loren, en la que a él le tocaba arrastrar un cañón hacia las murallas de Ávila, por cuyas calles desoladas en las tardes de domingo sacaba a pasear a una primera novia que era pastelera y cuyo comercio exportaba a todo el mundo las yemas de Santa Teresa. Luego enamoró a la chica más codiciada de la ciudad, Amparo Illana, que había estudiado en Londres y conducía un coche 1400. El día en que le pidió la mano, el progenitor de su futura esposa le preguntó: «¿Qué porvenir tienes, muchacho?». «Ninguno. Vivo a salto de mata —contestó Suárez—. Primero seré gobernador civil, después director general, luego subsecretario, después ministro y finalmente presidente del Gobierno». «Aquí tienes a mi hija», le dijo el futuro suegro, que era un militar de origen vasco, muy honrado.

*Cuando el cadáver de Franco, después de besar el Lignum Crucis, entró bajo palio por su propio pie hasta la tumba.*

Había pasado ya el tiempo en que Franco pescaba sardinas de veinte toneladas con un destructor de la armada y rudos obreros domesticados bailaban la jota sobre el césped del estadio Bernabéu en su honor el 1 de mayo, consagrado a San José Artesano. El César de los ejércitos de Tierra, Mar y Aire era un abuelito que echaba cabezadas fraileras con el belfo caído en los consejos de ministros. Si le venía de paso, camino de un coto de caza, inauguraba una presa o un enlace ferroviario y, a veces, movía el bracete automático arriba y abajo, como la guillotina, el mismo de firmar sentencias capitales, para bendecir a sus súbditos desde un balcón; pero al final sólo alegraba los ojitos cuando alguien le hablaba, en invierno, de escopetas, perdices rojas, ciervos; y en verano, de cachalotes.

En el cerebro de Suárez resonó el golpe severo de una losa de mil quinientos kilos al rodar sobre una tumba. Había visto muchas veces a Franco vivo entrar en aquella basílica flanqueado por el abad, rodeado de monjes benedictinos, de jerarcas civiles y militares cargados de medallas; había asistido al entierro de Franco mil veces repetido en los telediarios, pero esta vez se le cruzaron varias imágenes y en el fondo de la memoria de Suárez se produjo una secuencia insólita. Una fría y clara mañana de noviembre el cadáver del Caudillo había llegado a la explanada de granito del Valle de los Caídos trasportado desde la plaza de Oriente en un armón de artillería, seguido por una ristra oscura de coches oficiales, que serpenteaba por la cuesta de las Perdices. Suárez estaba allí, esperando a la comitiva fúnebre, con el labio mordido, el ceño a media asta, la mirada en la punta de los zapatos.

Parecía un milagro, pero así sucedió ante la vista de todo el mundo. El carromato artillado se detuvo en medio de la explanada de granito, el Generalísimo levantó por sí mismo la tapa del féretro, que era el caparazón de un galápago, sacó su cabeza de tortuga a la intemperie, oteó el panorama alrededor, lentamente se liberó del caparazón, lentamente se puso en pie, se apeó del armón y el cadáver, pese a haber sido embalsamado a conciencia por el doctor Aza, entró por su propio pie en la basílica del Valle de los Caídos y en la puerta el abad mitrado Pérez de Urbel le dio a besar el Lignum Crucis. Bajo palio, con el órgano haciendo sonar el himno nacional, el matarife, con el cuerpo descuartizado a causa de las sucesivas intervenciones quirúrgicas sufridas, se arrastró por sí mismo a lo largo de la nave central hasta el altar mayor, mientras todos los huesos depositados en la cripta se removían unos con espanto, otros con alegría, chocándose mutuamente los cráneos, las tibias y los peronés; el cadáver del caudillo subió al presbiterio, pisó a conciencia la tumba de José Antonio, rodeó el altar y en la trasera encontró su propia fosa abierta. Flanqueado de todos los ministros, jerarcas del régimen, de su familia embozada con tupidas mantillas negras, doña Carmen, Carmencita, las nietas y los nietos calaveras y todos los monjes en blanco y negro falsamente compungidos, el propio Franco, no sin esfuerzo, aunque ayudado por el marqués de Villaverde, bajó hasta la base de la fosa, se tumbó boca arriba, como uno de esos guiñapos que pinta Francis Bacon, y desde las entrañas de la tierra mandó que echaran de momento, sólo de momento, una losa de mármol de mil quinientos kilos sobre su memoria. En cuanto lo cubrió la losa, de los genitales del fiambre comenzó a brotar una breña coronada con una cruz hasta trescientos metros de altura, toda de granito de Colmenar, con la base orlada con los cuatro evangelistas. Era la primera vez en la historia que se veía a un dictador enterrarse a sí mismo. La cruz de Cuelgamuros, a continuación, comenzó a extender los brazos: uno llegó hasta la Costa da Morte y otro hasta Gibraltar. Los cuatro evangelistas alargaron las manos en todas las direcciones hasta cubrir con su sombra todo el mapa de España.

Al pie de esa sepultura, Adolfo Suárez se vio a sí mismo en la niebla de su memoria. No sabía si era el vicesecretario general del Movimiento o un guerrero del faraón o un extra sin frase de una película de romanos. En lugar de lucir una coraza de latón y un casco con plumas de pato, iba vestido con chaqueta blanca de camarero imperial, camisa azul con corbata negra y, en aquel cotarro de sátrapas, era el único que tenía un instinto de insecto para el poder, que acababa de ponerse a subasta, aunque la cámara pasaba de largo en un barrido sin detenerse en el maxilar bruñido de este ambicioso figurante.

«No duermo nada —pensó Suárez al pie de aquella sepultura—, engullo de pie una tortilla a la francesa, me fumo tres paquetes de cigarrillos, me tomo treinta cafés diarios; realmente, sólo me alimento de mi ambición insomne. Estos gerifaltes del régimen que me rodean tienen el olfato averiado, seguirán adulando con meliflua constancia a la persona equivocada mientras yo me paso las noches con una oreja levantada, como las liebres, para ventear la brisa de la historia con la nariz enfilada en el sentido exacto; en otros tiempos, en lugar de asistir a misa en la misma iglesia de los jesuitas de Serrano y a la misma hora que Carrero Blanco para hacerle señales de heliógrafo con los cantos dorados del misal como López Bravo, yo jugaba al tenis con el fondón tecnocrático de López Rodó y me dejaba ganar, le daba coba hasta romperme el espinazo; instalé mi veraneo en las cercanías del pez más gordo, Camilo Alonso Vega, en Dehesa de Campoamor, incluso me compré un apartamento a su lado en la misma escalera. A partir de entonces todo mi interés consistiría en seguir conquistando el favor del príncipe. Lejos de despreciar a Juan Carlos, como el resto de esta corte de pretorianos, desde el primer momento lo consideré el delfín y le hablaba de balandros, de motos, compartí con él muchas tortillas de patatas y paletillas de cordero lechal, le descubrí refugios secretos de montaña y los dos estamos enamorados de la misma gacela de ojos claros».

El Dodge Dart no era un coche muy seguro. En poco tiempo dos padrinos políticos de Suárez se fueron al cielo en un automóvil de esta marca. En el cruce de la carretera de Villacastín, al sacar el morro por un desvío, Herrero Tejedor se encontró con Dios cara a cara. Se dijo que lo habían asesinado por ser el heredero del régimen, un aperturista con muchos naipes en la mano. Poco después, Carrero Blanco acudió a su encuentro, dejando atrás los nidos de golondrinas en el alero del caserón de los jesuitas de la calle Claudio Coello, una mañana de diciembre, cuando ya estaba listo el bombo de la lotería. Adolfo Suárez se quedó aquí abajo en fuera de juego, enredado en aquel lío de palabras que vino a continuación: el espíritu de febrero, los zarpazos de Girón, la lata de la Falange con camisa blanca de Fernández Miranda, la apertura sin prisa pero sin pausa hacia la nada. Fueron unos años muy divertidos. Se agotaron las existencias de botes de humo, de gases lacrimógenos, de balas de fogueo y algunas de verdad. Fraga llegó de Londres como el ratón que acude a una reunión de roedores a exigir su ración de queso.

Adolfo Suárez no había leído un libro. La cultura consiste en ese poso que queda después de leer dos mil libros y haberlos olvidado. Para un buen político, la cultura es el olfato. Los perros de caza nunca olvidan lo que huelen y van separando los olores por bandas. Fraga era incapaz de olvidar una lectura, se sabía de memoria desde los decretos del Boletín Oficial del Estado hasta las esquelas diarias del *ABC*, y eso en este país te podía convertir en ministro. Fraga era el más listo del establecimiento. Siempre el número uno en todas las oposiciones. Y Franco lo había llamado para levantar paradores, hacer trizas las galeradas de los periódicos, dar tijeretazos al cable del teléfono y recibir a la turista doce millones al pie del avión con un ramo de flores. Fraga le había mostrado a Carrero Blanco el primer bikini remojado con agua bendita, había permitido salir de la bañera a las artistas de cine envueltas con una toalla y él iba loco por la música de acá para allá e inauguraba cosas, gritaba, comía centollos de veinte kilos, disparaba contra el culo de las señoras en las cacerías, se ponía unos calzones antinucleares de arriero chapoteando en el mar de Palomares, en medio de una avalancha de negocios sucios o limpios en aquel crecimiento desgarrado de los años sesenta, cuando en este solar caían suecas y megatones en las playas. Fraga era el único que se movía bien o mal, pero a cien por hora. Si hubiera tenido una amante, habría sido de esos que dejan esperando el taxi en la puerta, suben a zancadas, la penetran sin quitarse los zapatos contra un armario ropero, bajan a una velocidad de muñeco animado y corren a presidir algo, un entierro o una queimada. Durante doce años, había sido muy apasionante ver cómo este líder franquista se hundía, renacía, bufaba, se agitaba, perdía imagen en un día, la recobraba en un lustro, la volvía a perder en una hora, tomaba fuerza, se estremecía, reía a carcajadas, tronaba como un tirano de Siracusa, se le llenaba el cráneo de tinieblas, lanzaba una idea clarividente, bajaba a los mercados, daba la mano en el suburbano, contaba un chiste de monjas, mataba un urogallo. Y nunca se agotaba. Si hubiera sido toro, el Viti le habría cortado siempre las dos orejas.

En la televisión, Arias Navarro se había secado el moquillo de dolor con un pañuelo. «Españoles, Franco ha muerto.» Ahora llegaba Fraga desde Londres dispuesto a llevarse el queso, en un tiempo en que todos los jóvenes parecían comunistas y todos los comunistas parecían guapos, inteligentes y eróticos. De hecho, en la alcantarilla política se había colocado el cartel de no hay billetes y en los altos salones también estaba de moda jugar a ser rojo delicuescente, aunque allí había que cumplir ciertas reglas; por ejemplo, trinchar el faisán sin mancharse la corbata. Por falta de previsión, Arias Navarro se había encontrado con un problema grave: no había cárceles para tanta gente y los enanitos ya estaban trepando por las cañerías.

Se sabía que Carrillo andaba por Madrid bajo una peluca de bujarrón; se le veía en restaurantes de cinco tenedores con su amigo y protector Lagunero y al final se había convertido en el fantasma más solicitado por marquesas y policías. «Carrillo ha sido visto en Jockey tomando lentejas», se decía en los altos salones, un rumor que había llegado al palacio de la Zarzuela. En medio del baile, comenzó este juego de billar a tres bandas, los tres, solos los tres: el rey, Suárez y una chica rubia.

*La gacela rubia de ojos acuáticos*
*cruza el bosque herida*
*de un doble dardo.*

La confidencia se produjo una tarde de verano en un aguaducho de la ribera del Manzanares con vistas a la sierra del Guadarrama, una tarde incendiada como una calabaza al horno. Suárez había aparcado la vespa fijándola sobre la pata de cabra con un golpe de chuleta junto a las sillas de la terraza, luego estiró la yugular como hace un alcotán cuando se posa en una rama, y pidió una sangría para dos. «Y unas patatas fritas», añadió. Contemplaron la puesta de sol en silencio, luego se miraron a los ojos, siguieron callados y finalmente ella habló. «Supongo que conoces de sobra mi historia, mi tragedia familiar —le dijo Carmen Díez de Rivera dándole candela al cigarrillo que Suárez tenía colgado de los labios—. Cuando me enteré de que mi novio Ramón, el hijo de Serrano Suñer, con el que yo había jugado de niña, en su casa, en la mía, en la playa de San Sebastián, en las excursiones en bicicleta por la sierra, al que di mi primer beso furtivo, del que me había enamorado como una loca y con el que me iba a casar, era en realidad mi hermanastro, creí que mi vida, con sólo diecisiete años, había terminado para siempre. Mi madre era una mujer de bandera, de las que hacía volver

la cabeza a los tíos en la calle. "Ahí va la marquesa de Llanzol", la gente se daba con el codo en el
Corrillo de Serrano, treinta años, unos tacones de
aguja que hacían temblar el mundo, casada con
un marqués sesentón, militar monárquico, un
buenazo, amigo de la Familia Real. Balenciaga
venía desde París a vestirla. Tenía más de cien
sombreros en el armario con su firma, más de
cien modelos exclusivos de vestido. Me parió en
1942. Es curioso, si repasas la historia ése es el
año en que mi padre biológico, Serrano Suñer,
cayó en desgracia en El Pardo y dejó de ser ministro de Asuntos Exteriores. Se dijo entonces que
ese cambio era debido a que Franco comenzó a
pensar que Alemania iba a perder la guerra y quiso apartar del Consejo de Ministros a un pro nazi
como era Serrano. No fue por eso. Fue porque se
enteró de que Serrano Suñer, su cuñado, casado
con Zita Polo, la hermana de doña Carmen, había embarazado a mi madre, Sonsoles de Icaza,
su amante, una humillación insoportable, porque
en las meriendas de Embassy o del Ritz, en las so-
bremesas de las familias conocidas del barrio de
Salamanca y en los bailes de sociedad, esa relación ya era objeto de comidillas. Yo le llamaba tío
Ramón. Jugaba con sus hijos desde que era muy
niña. Veraneábamos juntos. Nadie se había atrevido hasta entonces a revelarme el secreto. Mi
madre sólo reaccionó cuando vio que mi juego
con uno de los hijos de su amante, el tercero,
también llamado Ramón, había ido demasiado

lejos. Me había enamorado como una loca, con un amor que no podía controlar. Todo se complicó aún más cuando fui a la parroquia de la Asunción a sacar mi partida de bautismo para casarme. Recordaré siempre aquel día mientras viva. El 28 de diciembre de 1959 me pidió mi tía Carmen de Icaza, la novelista, que fuera a su casa. La encontré con la cara muy compungida al borde de las lágrimas. Estaba acompañada por un padre dominico, su director espiritual. Habían preparado un té con unas pastas y después de un silencio muy enigmático el dominico murmuró con los ojos fijos en la infusión: "Carmencita, lo que vas a oír te va a hacer sufrir mucho. Tienes que estar preparada. Ramón, el chico con el que te quieres casar, es tu hermanastro, debes romper tu relación con él porque el matrimonio sería un incesto. Hija mía, tú no tienes culpa de nada, pero has nacido fruto del pecado". Mi tía Carmen, como buena escritora de melodramas, le corrigió: "Padre, Carmencita no es fruto del pecado, es fruto del amor". El dominico respondió: "Para el caso es lo mismo, hija mía, el pecado de amor impide esta boda. Vas a sufrir mucho, niña, ofrece este sacrificio a Dios". Quedé aturdida. Todo alrededor se convirtió en una cámara neumática. No podía respirar. Aquel golpe me impactó de tal manera que tuve la sensación de flotar en el espacio y de pronto sentí que algo se me había roto por dentro, aquí en los ovarios, oí perfectamente el sonido, crac, así fue. Unos años después me saca-

ron un tumor de tres kilos. Benigno, menos mal.
Por lo visto, me fue creciendo a lo largo de una
desesperación de la que no encontraba salida.
¿Cómo no me lo habían dicho antes? ¿Cómo dejaron que me enamorara? Me prohibieron verme
con aquel chico. Mi relación con él estaba pena-
lizada con un grave pecado. Fue un dolor insufrible, un corte brutal que sucedió en cinco minutos. ¿Cómo era posible que me hubiera sucedido
precisamente a mí, una señorita adolescente de la
calle Hermosilla, criada entre algodones, siempre
de fiesta entre familias conocidas de la aristocracia? Encima yo era muy religiosa. Adoraba a mi
madre. A partir de aquel momento supe que había sido una adúltera, una pecadora culpable de
mi tragedia, y el tormento se estableció entre ese
amor que le tenía y mis escrúpulos de conciencia.
Hice todo lo posible para disolver aquella angustia insoportable que me impedía dormir. Yo era
hija del pecado, pero gracias a ese pecado, existía.
No podía estar sentada a la mesa con mis padres
y mis hermanos. Tuve que huir. Me metí monja
de clausura en las carmelitas descalzas de Arenas
de San Pedro, un convento que regentaba una su-
periora que era pariente mía. ¿Te imaginas lo que
es vivir con siete monjas viejas cubiertas de aquellas lanas infectas en medio de un frío polar, con
los pies desnudos dentro de unas sandalias dando
vueltas por el claustro? Me sacaron de allí cuando estaba a punto de volverme loca. Vomitaba todo
lo que comía. Me fui a París, me sometí a curas

de sueño, luego a una clínica de Suiza. Comencé a fumar. A través de una organización de monjas francesas me largué a Costa de Marfil, no de misionera ni de cooperante. Sólo para huir. Estuve tres años en un poblado en África. Todo inútil. De regreso a Madrid todavía estaba muerta, veía los árboles, las calles, los edificios, a los amigos, a la gente como si formaran parte de un bosque lleno de figuras de cera, la mente siempre en blanco, me zumbaban los oídos, pero en estos casos si no mueres del todo y generas los suficientes anticuerpos para seguir respirando, te conviertes en una muerta viviente. No podía soportar a mi madre, ni ella a mí. La amaba, la odiaba. Me ofreció un millón para que me fuera de casa. Lo rechacé. Me fui a vivir sola. Busqué trabajo. Xavier Zubiri me echó una mano y me colocó en la Sociedad de Estudios del banco Urquijo para sobrevivir. Querido Adolfo, estás sentado al lado de una zombi todavía. Puedo vivir sin cabeza, si me la cortan y la tiran al suelo, puedo recogerla, plantarla otra vez en el cuello y seguir viviendo. Pero los que estamos ya en la otra parte tenemos poderes extraordinarios. Hablemos de lo nuestro. Anda, pide otra sangría y más patatas fritas».

En la terraza del aguaducho había otras parejas de enamorados, matrimonios jóvenes con niños. Un anuncio escrito en un cartón decía: «Se admiten meriendas». Sonaba una canción: *Cuando calienta el sol*. Al fondo se veía la sierra de Guadarrama con un color humo bajo unas nubes ensangrentadas y Suárez pensaba en las correrías que en otro tiempo realizaba por aquellos parajes. Carmen dejó que el camarero depositara la pequeña jarra de sangría en la mesa y luego añadió:

«Óyeme bien. Ante esta magnífica puesta de sol te voy a confesar un secreto. O tal vez es sólo una apuesta. Me juego lo que quieras a que vas a ser el presidente del primer Gobierno de la democracia. Sé por qué lo digo. Desde el día que entré en tu despacho de televisión lo supe. Se lo dije al rey cuando todavía era príncipe. Tengo al hombre. Entonces eras un falangista, un beato del Opus, una especie de chuleta de billar, un pardillo, con los pelos de la dehesa de Ávila todavía. El príncipe hizo un gesto ambiguo. Me dijo que os habíais conocido comiendo un cochinillo asado en Casa Cándido y que tenías muy buen apetito, en todos los sentidos, buen diente para la política.»

Suárez recordó la primera vez que entró aquella chica en su despacho de director general de Televisión, en la calle del General Yagüe, muy segura de sí misma. Tenía veintisiete años. La nariz pequeña, los ojos azules acuáticos, las cejas rectas, los pómulos anchos, una melena rubia natural, la piel transparente, frágil y dura al mismo tiempo. Extraña. Una mujer complicada, pero muy consciente de su belleza. Sabía que todos los hombres la querían enamorar, que bastaba con su sonrisa para abatir cualquier fortaleza. Encima venía amparada por una recomendación inevitable. En aquel despacho rancio, amueblado con una severidad hortera, con un crucifijo en la pared, entre los retratos de Franco y de José Antonio, el ambiente impregnado por el olor a humo frío de tabaco negro, la chica comenzó a desafiarle: «¿Cómo un hombre tan joven puede ser tan fascista? Si quieres que trabaje contigo, mete ese retrato de Franco en el baño». Suárez lo hizo con un gesto automático, como el de un galán dispuesto a todo. La chica parecía una ráfaga rubia, moderna, suelta de ademanes, con el desparpajo aristocrático, aún con falda a la altura de las rodillas, blusa de seda, aunque en su mirada hubiera una veladura de dolor todavía vivo.

«Primero te mandé a paseo. ¿Recuerdas? Después, la persona que me recomendó a ti, ya sabes de quién hablo, me dijo que tenía una misión que cumplir. Le obedecí por amor. Me dijiste que pusiera orden en tus cosas, que llevara tu agenda. Nada, se trataba de cubrir las formas porque la jugada venía de muy lejos. Para empezar, te di algunos consejos, ¿recuerdas?, un poco frívolos. "Viste ropa deportiva, te sienta bien el pantalón claro y la camisa oscura. Quítate ese horrible pañuelo blanco que dejas asomar por el bolsillo superior de la chaqueta, tira a la basura el traje marrón, calza siempre zapatos con cordones y sobre todo nunca lleves mocasines por la tarde, ni calcetines cortos que te dejan las canillas al aire cuando te sientas. Tienes todavía un aire de maniquí de escaparate de El Corte Inglés, sección de caballeros. Primero voy a modelarte por fuera. Luego veremos qué se puede hacer por dentro. Estoy siguiendo órdenes, créeme." A poco de conocerte oí contar una historia que demostraba lo santurrón y antiguo que eras. ¿Es cierto? Un día en la cafetería de la televisión en Prado del Rey, como director que eras, recriminaste a un actor porque abrazaba y besaba a las chicas, compañeras suyas de trabajo, con una espontaneidad demasiado libre. Públicamente le reprochaste su ligereza sin saber que entre actores y actrices los besos y abrazos son una expresión natural. "Haz el favor de comportarte", le dijiste. Te replicó muy engallado: "Eres un hortera". Hubo entre los dos algunas palabras muy fuertes, os agarrasteis por las solapas, y al final el actor te dijo: "Al fin y al cabo, cuando ya no seas nada yo seguiré siendo actor". ¿Sucedió así? Pues bien. Él sigue siendo un buen actor, pero tú vas a ser el primer presidente del Gobierno de la democracia. Guarda este secreto o esta apuesta hasta que llegue la hora. Si esto de la política fuera un producto para lanzar al mercado, tal como están los tiempos, yo pondría el siguiente anuncio: "Se necesita joven político aguerrido, con sed de porvenir, sin ideas concretas de nada, que conozca el tinglado franquista por dentro, dispuesto a limpiar el estiércol de las cuadras, con experiencia en ventas, cumplido el servicio militar, permiso de conducir, sueldo fijo más comisiones, con posibilidad de quedarse en la empresa". ¿Te reconoces, querido Adolfo, en este retrato? Tarde o temprano, Franco morirá. Hay que estar preparado. Lo que pide la computadora es tu retrato robot, querido Adolfo, y, lógicamente, tu cargo de presidente del Gobierno saltará escupido de la máquina cuando Juan Carlos, coronado rey, logre echar a ese cenizo de Arias Navarro —la voz de Carmen adquirió un tono misterioso, como si le hablara desde la otra parte—. ¿Estás dispuesto a realizar este trabajo de Hércules de limpiar las cuadras del franquismo? El rey está muy preocupado porque procedes del fondo del Movimiento, pero yo le he dicho que careces de prejuicios en ese sentido, sólo el poder te deja sin dormir, pero deslumbrado en la oscuridad. Y ahora, un último consejo: no te enamores de mí, por favor, no pidas que sea tu amante, como el otro. Todos quieren llevarme a la cama. Deja que sea yo la que esté enamorada de los dos. Sé perfectamente realizar ese doble juego tan turbio, tan excitante. Cuando me enteré de que mi novio Ramón era mi hermano, nos seguimos viendo en secreto después de la forzada ruptura durante cinco años en medio de todas las turbulencias de la carne, de todas las dudas, con una desazón insufrible. Era imposible olvidar el tacto de su piel. Estoy preparada para cualquier laberinto».

La mujer rubia sacó del bolso un cuaderno donde llevaba un diario íntimo y, sin poder evitar la vanidad, se dio un melenazo con la cabeza hacia atrás y a continuación leyó con voz tenue una frase que había anotado: «*Nadie me da calabazas como tú me das. I'm a man after all before being what I am. I simply adore you...* ¿Sabes quién me ha dicho eso al oído?».

Adolfo y Carmen, dos nombres de telenovela, abandonaron el aguaducho del Manzanares aquella primavera de 1976, cuando la libertad era una gata caliente en el tejado de zinc. «Tengo un diseño italiano —pensaba Suárez—, soy un galán de tiempos de la vespa; las señoras hablan de mí bajo el secador de las peluquerías, soy el sueño de esas mujeres con la primera pata de gallo y carrito de supermercado en barrio residencial, que admiran todavía el modelo clásico de omoplato ancho y mandíbula cuadrada, bien bruñida con agua brava; y ven en mí, según me cuenta Carmen, esa mezcla de angustia y audacia del macho en peligro, que he tratado de cultivar. Saldré a la calle en la vespa, llevaré en el trasportín a la libertad, como si fuera una de aquellas chicas de la plaza España de las películas italianas, y Carmen Díez de Rivera e Icaza irá abrazada a mi tronco y como Walter Chiari también sortearé puestos de melones de Villaconejos en pleno verano y los guardias urbanos, con un guiño de complicidad, dejarán libre el paso sólo para mí; los camareros y los tenderos con mandil me saludarán al cruzar y celebrarán con admiración que un chico tan simpático como yo, nacido en Cebreros, se haya ligado a la chica de ojos azules rasgados, la más guapa de la ciudad, amiga del rey, aristócrata de izquierdas, una especie única, con la que todo el mundo se quiere acostar. Mostrando toda mi dentadura abierta contra el aire, mi velocidad irá acompañada, impulsada por nuestra canción cuanto calienta el sol aquí en la playa, con el tubo de escape trucado, y, excitada por mis filigranas de motorista demócrata, Carmen Díez de Rivera pegará su seno enamorado contra mi espinazo de galán latino».

*Se prepara un gran banquete de boda en la nave principal de la basílica del Valle de los Caídos bajo el canto de la Sibila.*

En la memoria de Suárez comenzó a sonar un canto gregoriano que se elevaba sobre el sonido fregado de chicharras y al fondo emergió de nuevo la cruz del Valle de los Caídos. Llegó hasta la base donde seguían aposentados los cuatro evangelistas de granito y desde allí divisó a gente que entraba y salía de la basílica bajo las órdenes de un tipo con uniforme falangista, a la vieja usanza, botas de clavos, pantalón color caqui, camisa azul, boina roja, correajes, hebilla con el yugo y las flechas. Era un hombre viejo, pero sus ademanes aún eran recios, muy autoritarios. Suárez se acercó a la puerta abierta de la basílica en el momento en que este sujeto, chascando los dedos, se hacía obedecer por el conjunto de monjes benedictinos que estaban ordenados en dos filas a disposición de aquel enviado especial. Al parecer los monjes ya sabían cuál era el trabajo que debían realizar. Comenzaron a extender una mesa de banquete a lo largo de toda la nave central de la basílica, desde el pórtico hasta las primeras gradas del presbiterio, armada con tableros sobre caballetes. Mientras unos monjes la cubrían con manteles blancos, otros iban acarreando centros de flores, vajillas de la Real Fábrica, cubiertos de plata para carne, pescado y postre, servilletas de hilo, copas para distintas clases de vino y un tarjetón con el menú grabado con letras de oro, que decían así: «Pincho de langostino, pulpo y vieira con salsa de yogur y mostaza. Envoltini de salmón marinado con queso de cabra. Ensalada de bogavante con bolitas de melón, aguacate y vinagreta de frambuesa. Como plato de fundamento, chuletón de Ávila, con guarnición de chalotas». La música de ambiente a esa hora se componía de cantos gregorianos, sacados tal vez del disco que habían grabado con éxito de ventas los monjes del monasterio de Silos. El viejo falangista dirigía aquellos preparativos que, a simple vista, eran para una boda muy principal, pero a Suárez le parecía extraño que se hubiera elegido aquel lugar tan lúgubre para un acontecimiento feliz. Por mucho que preguntaba a los novicios, ninguno le daba razón. Todo estaba bajo un secreto de Estado. Entre la salmodia del *Dies irae*, la visión de Suárez se fue muy atrás en el tiempo. Recordó que, siendo un joven de Acción Católica, este panteón se estaba construyendo como un monumento a los caídos por Dios y por España y que los picapedreros que perforaban la montaña, los dinamiteros que hacían saltar las distintas rocas y breñas, los obreros que tiraban de las vagonetas, los albañiles que fijaban los sillares de granito, todos eran presos del bando republicano que trabajaban forzados bajo la severa vigilancia de la Guardia Civil con el mosquetón cargado para redimir penas de cárcel por haber sido rojos. Franco entonces dividía los domingos en visitar las obras y en pescar truchas amaestradas en el embalse de La Granja de San Ildefonso.

Otra visión de Suárez consistía en que el Valle de los Caídos había saltado por los aires. Toda la basílica había sido cebada con dinamita y un 18 de julio, en plena democracia, siendo presidente del Gobierno, se había producido una explosión formidable y la montaña, desde sus raíces, se había desplazado hasta más allá de la Bola del Mundo, en la cima de la sierra de Guadarrama, la cruz, la cripta, el altar, los santos, los huesos de todos los mártires de uno y otro bando, los restos mortales de Franco y de José Antonio, en compañía de todas las ratas, gusanos y serpientes que habitaban en sus entrañas. Cuando le fueron a dar la noticia al palacio de la Moncloa, tal vez Suárez pensó que se quitaba un muerto de encima, nunca mejor dicho. ¿Habría sido la ETA? ¿Habría sido un terremoto natural accionado por la propia mano de Dios? Era un escarnio sacrílego que un dictador que tantas muertes había causado en España, el principal culpable de aquella inmensa tragedia de una guerra entre hermanos, fuera glorificado con un culto perenne a su memoria. Era inimaginable que Hitler tuviera a cincuenta kilómetros de Berlín una tumba faraónica como un lugar de peregrinación ni que Mussolini estuviera enterrado en la plaza de Venecia en Roma, a espaldas del Foro en aquel imponente pastel de mármol. En cambio, Franco no sólo era venerado con misas diarias por una partida de benedictinos a sueldo, sino que encima parecía que se estaba preparando una boda real en la basílica como si fueran los salones del Ritz. «¿Quién se va a casar?», preguntaba Suárez. El enviado respondía: «Nadie». Pero los preparativos para el gran evento continuaban. De hecho, junto a la puerta principal aparcó una furgoneta de catering y varios empleados de un famoso obrador de Madrid desembarcaron una tarta de chocolate, bizcocho y merengue de catorce pisos coronada por una pareja de novios de trapo.

¿Qué se va a hacer con los huesos de uno y otro bando de la guerra civil, que yacen, unos de buen grado, otros traídos a la fuerza, en sus criptas a ambos lados del altar? Suárez tuvo una tercera visión y no quiso darle pábulo sin antes formularle una pregunta solemne al evangelista que escribió el *Apocalipsis,* como si se tratara de la esfinge. «¿Puede ser cierto que los huesos del poeta Federico García Lorca, asesinado en Granada, estén aquí, después de ser arramblados con pala por un mandato superior en los barrancos de Víznar y de Alfacar donde se encontraba el mayor yacimiento de fusilados de España, miles de esqueletos amontonados sin nombre ni nadie que se atreviera a exhumarlos?» El evangelista respondió: «Esa pregunta sólo la pueden contestar los propios muertos, que están en las criptas de la izquierda del altar». Todos los muertos se reconocen entre ellos. Del techo de la basílica excavada en la raíz de la montaña, el agua filtrada por sucesivas lluvias dejaba caer unas gotas sobre los manteles, que a simple vista parecían de sangre. Y entre el cántico del *Dies irae* se oyó la voz de la Sibila que decía: «Y cuando se hubo abierto el séptimo sello siguiose un gran silencio en el cielo, cosa de media hora. Y vi a siete ángeles que estaban en pie en presencia de Dios. Y se les dieron siete trompetas. Vino entonces otro ángel y se puso ante el altar con un incensario de oro y diéronle muchos perfumes. Tomó luego el incensario, lo llenó del fuego del altar y, arrojando este fuego a tierra, comenzaron a sentirse truenos y voces, relámpagos y un gran terremoto. Entre tanto, los siete ángeles que tenían las siete trompetas se dispusieron a tocarlas».

Finalmente la partida de novicios benedictinos dejó preparada una mesa de banquete a lo largo de toda la nave central de la basílica y sobre los manteles blancos había copas, vajillas, cubiertos, centros de flores. También había sillas para cientos de invitados.

*Una tarde de septiembre el pudridero
de El Escorial se llenó de gloria
y sonó el* Aleluya *de Haendel.*

En el bosque lácteo por donde Suárez deambulaba apareció otra gran explanada de granito, que al principio confundió con una nueva visión del Valle de los Caídos. En aquel apabullante recinto también se estaba preparando una ceremonia a la que había sido invitado. Dada la solemne gravedad con que se armaba el tinglado, pensó que se trataba de otro insigne funeral. Tardó un tiempo en discernir que se encontraba en el monasterio de El Escorial, no en Cuelgamuros. Llegó a imaginar que ese lugar pudiera deber el nombre a que era un vertedero de residuos fecales antes de que fuera edificado aquel severo y orgulloso edificio por Felipe II, o también porque en sus criptas se enterraban las escorias de todos los monarcas de la historia de España. Suárez ya había asistido al traslado de los restos mortales de don Juan, padre del rey, a este pudridero, con aquella comitiva formada por todos los pavos reales de las casas aristocráticas de media Europa, algunos en busca y captura, en la que no faltaba un príncipe alemán borracho que suele mear el whisky que le sobra en el primer ficus que encuentra durante los grandes boatos.

Esta vez se trataba, al parecer, de una boda, puesto que había flores rojas, chaqués, pamelas, lazos blancos por todas partes y una nube de perfume estancada sobre la explanada de granito que se había evaporado de las pechugas de las señoras. Cruzaban los invitados ante las cámaras, Berlusconi restaurado, solo, sin ninguna golfa en un flanco; Tony Blair con su esposa, un tipo de señora que siempre daba la sensación de que acababa de fregar los platos; cruzaban personajes de aluvión enjaezados, señoras con imposibles sombreros y trajes largos, caballeros engallados, gordos y flacos. Entre todo aquel elenco a Suárez le llamó la atención un tipo con bigote, que exhibía un puro Montecristo entre los dedos anillados y zapatos color sobrasada, acompañado de una pareja, él con coleta y cara de cuchillo, ella rubia aleonada con todo el orgullo entre la nariz y las ancas y que olía a Chanel grueso a un kilómetro a la redonda. Adolfo Suárez ya no conocía a nadie por su nombre y menos a uno llamado Correa y a otro, un tal Pérez, apodado el Bigotes, ambos testigos de la boda. Pasaban por la explanada camino del templo escritores famosos, banqueros, cantantes de boleros, artistas de segunda mano, payasos y caricatos, todos los políticos de la derecha, el clásico sindicalista amaestrado, algún socialista resabiado que, como las pelotas de rugby, nunca se sabe hacia qué lado va a botar, y al final de los mil doscientos invitados, los reyes de España.

Cuando todo este perfumado rebaño ya se hallaba estabulado en la doble bancada del templo, incluido Suárez con la memoria perdida, en medio de la explanada se detuvo un todoterreno de gran cilindrada, uno de esos cochazos que si lo arrancas un domingo se va solo a misa de doce a la iglesia de la Asunción del barrio de Salamanca y que suele llevar todavía un cochino ensangrentado con olor a jara brava en el maletero. Dentro de ese féretro monovolumen, conducido por él mismo en persona, llegaba un cazador, que en este caso hacía el papel de novio, Alejandro Agag, de estirpe libanesa. Después de apearse se presentó muy sobrado de maneras ante la barra de periodistas, con corbata oscura, chaleco amarillo y mangas de camisa, sacó el chaqué de los asientos traseros y se lo enfundó públicamente con admirable desparpajo, mientras las cámaras se volvían locas de alegría.

La novia tuvo los arrestos necesarios para hacer esperar un cuarto de hora a los reyes de España. Tal vez su papá le había dicho que era el momento de marcar territorio, que el rey se entere de una vez de quién cojones manda aquí, pero finalmente, cuando algunos invitados ya tenían la vejiga a punto de reventar, llegó ella en un automóvil largo como su progenitor imaginaba que tenía el propio miembro viril. Salió la novia Ana con una diadema de flores blancas, y del brazo José María Aznar, que miraba de soslayo a las cámaras con una sonrisita desafiante colgada del bigote, y que la llevó adentro de las descomunales piedras neoclásicas, como si la introdujera en la historia. ¿Dónde estaba la madre? ¿Había desfilado ya del brazo del padre del novio José Tarik Agag? Adolfo Suárez buscaba con los ojos a la madre de la novia y la encontró a un lado del presbiterio, contra todo protocolo, en un catafalco a la misma altura que el de los reyes de España, secándose las lágrimas con la punta de un pañuelo bordado, mientras el órgano hacía sonar la marcha nupcial. Suárez pensó que conocía a aquella mujer recia, de mandíbula voluntariosa, aunque no recordaba ni su nombre ni los méritos que había hecho para llegar tan arriba, pero sin duda debía de tener talento si había conseguido casar a su niña en El Escorial ante los reyes de España. «Yo nunca me hubiera atrevido a hacer lo mismo con mi hija —pensó Suárez en medio de las tinieblas—. Mi hija, Dios mío, ¿qué habrá pasado con mi hija, que hace mucho tiempo que no la veo? ¿Y Amparo, mi mujer, por qué no está aquí a mi lado oliendo a Chanel? ¿Y qué habrá sido de aquella chica rubia de los ojos rasgados?». Puesto que estaba en un panteón, es lógico que en su subconsciente afloraran todas las muertes. «¿Y Lola Flores, seguirá viva cantando todavía *La niña de fuego*? ¿Y Pasionaria?» Las mujeres muertas fermentaban en su memoria cuando Ana atravesó la nave central adornada con guirnaldas, arrastrando por la alfombra roja una cola de cinco metros del vestido de novia creado por Aby Güemes, hasta el altar donde la esperaba el cazador furtivo junto al cardenal Rouco Varela, a sueldo del Estado. Ana Botella estuvo a punto de reventar de orgullo durante la *Misa* de Schubert, mientras sonaba el *Aleluya* de Haendel, el *Gloria, gloria* de Bordese y el *Ave María* de Gounod. Sólo algunos invitados, que conocían la historia, pudieron recordar cómo empezó todo.

Ana y José María eran compañeros de curso en la facultad de Derecho de la Complutense. Se licenciaron en 1975, año en que Franco estiró la pata y se enterró a sí mismo con todos los honores, como podía asegurar Suárez por haber sido testigo. Ana y José María hicieron juntos el viaje de fin de carrera a Roma, a Atenas y a Estambul, casualmente sentados uno al lado del otro en el avión. Tal vez los unió la señal de la cruz que trazaron ambos sobre sus pechos al despegar, pero, de hecho, antes de aterrizar de nuevo en Madrid ya eran novios y enseguida emprendieron cada uno su respectiva oposición. Perdido entre mil invitados, en un lugar secundario, pensaba Suárez: «Hay que imaginar a la pareja de tortolitos en aquellos días duros, agrios, libertarios de la Transición, ellos tan felices en barrera, mientras yo tenía que quebrar con mi cintura a los morlacos franquistas, como hacía de joven en los encierros de Cebreros arriesgando el paquete intestinal, para hacerme aplaudir en aquella plaza de carros que era el hemiciclo de las Cortes Orgánicas, con el discurso de la Reforma Política, lleno de palabras ambivalentes, pactadas con el rey y con la mujer rubia hasta la última coma. Cuando los estudiantes y obreros soñaban la libertad bajo los cascos de los caballos, esta chica le tomaría a su novio José María los temas de Hacienda Tributaria ante un café con leche en una cafetería las tardes de domingo. Ellos se labraban el porvenir sin meterse en política. Puede que José María fuera zascandileando con panfletos de la Falange Auténtica, pero Ana Botella sería ya entonces una joven muy entera, con los pies en el suelo, sin plantearse problemas de ideología; derecha de carril, la que luego sería Alianza Popular, con varios ministros franquistas que empezaron a volcar todo el odio contra mí porque me consideraban un traidor, ya que después de ser ministro secretario general del Movimiento me puse por orden del rey al frente de la democracia».

La madre de la novia estaba allí bajo la mirada de los invitados a la boda, orgullosa y feliz. Suárez no recordaba su nombre, lo tenía en la punta de la lengua, pero su historia, leída en alguna parte, danzaba entre las aguas del claroscuro de su memoria. Esta mujer habrá pasado por todas las portadas de revistas convertida en el ideal de la esposa Telva, la caridad perfumada, los consejos del director espiritual, pequeños pecados de clase media volcados en el confesonario, sueños de casar a los hijos con familias establecidas, de buen apellido. Esta boda en El Escorial era la forma de pasar de una clase media, que sirve el caldo de fideos en sopera de alpaca, a un mundo de oligarquía financiera aristocrática.

Mientras el cardenal con mitra de oro aleccionaba a los contrayentes para que se juraran fidelidad en la salud y en la enfermedad, en la fortuna y en la adversidad, Adolfo Suárez pensaba que el Dios del barrio de Salamanca, en Madrid, era entre todos el más acreditado. «Para que esté por completo de tu parte hay que tener al marido y a los hijos en retratos con marcos de plata distribuidos por aparadores y consolas; sobre la mesa de centro, unos ceniceros de cristal tallado; figurillas de porcelana en los anaqueles de la librería con enciclopedias y otros volúmenes en piel cuyos lomos hagan juego con el color de la pared entelada; hay que bendecir los alimentos que el Señor nos ha dado bajo una Santa Cena y un bodegón castellano del siglo XIX con algún conejo o perdiz ensangrentada que se reflejen en vitrinas llenas de copas; en cambio, yo soy hijo de un trápala que se fugó de casa y mi madre debía su posición a una bodega de alcoholes. He tenido que pisar muchas mierdas para sacar cabeza, hacer la pelota a mis superiores en el mando, aventurarme en mil batallas. Iba con el bofe fuera: de Carrero Blanco a López Rodó, de Fernández Miranda a Herrero Tejedor, del príncipe Juan Carlos a Carmen Díez de Rivera, y llegaba a la noche sin resuello. ¿Y de dónde podía yo sacar dinero? Sólo me alimentaba de política. Anda, Carmen, sube a la vespa, vamos a sortear de nuevo varios puestos de melones de Villaconejos.»

«Esta madre de la novia, como vecina, será, sin duda —pensaba Suárez—, una de esas señoras que dejan el ascensor perfumado cuando van los domingos con el marido a misa de doce, y si te cruzas con ella te preguntará amablemente por las oposiciones de tu hijo a notarías o qué tal ha quedado la abuela después de la operación de cadera, y al salir de la iglesia se quitará el velo, abrirá el bolso de cocodrilo para remediar a un lisiado en la escalinata y después comprará torteles de nata en la pastelería Mallorca. Ah, sí, ahora recuerdo. Se llama Ana Botella, fue funcionaria del Estado y siguió a su marido, inspector de Hacienda, destinado a Logroño, una ciudad de provincia donde las tardes eran muy largas. Allí Ana llevó a José María por el camino verdadero. Ella ya era militante de Alianza Popular. En Logroño lo mandó a la sede del partido para no verlo inquieto y aburrido en casa. José María llamó al timbre. Abrió la puerta un encargado de base y le preguntó qué deseaba. "Quiero hacer política, me manda mi mujer, que es del partido", contestó el inspector de Hacienda. Y así todo seguido hasta poner las patas sobre la mesa junto a las de George Bush. Mientras su marido recorría ese camino, ella llevaba a los niños muy peinados y los rasgos de su rostro se iban haciendo voluntariosos y antiguos, de mujer fuerte».

Algunos invitados se preguntaban: «¿Este novio Agag no era el chico de los recados que le llevaba el maletín a Aznar en los viajes? ¿No será un espabilado, salido de la nada, que se ha enterado de los negocios sólo poniendo la oreja?». La madre de la novia seguía la ceremonia en la que su adorada hija era la protagonista con los ojos húmedos de emoción pero preocupada, como cualquier ama de casa solícita y eficiente, de que las cosas salieran bien. Tenía el pensamiento puesto en la espléndida finca Los Arcos del Real, donde había pérgolas y caballos, un lago con cisnes y un aire exquisito que olía a pradera recién rasurada alrededor del palacete y las carpas de lona muy blanca y más allá una dehesa con toros bravos, situada entre El Escorial y el Valle de los Caídos, con el cielo partido por la cruz de granito. Allí se estarían preparando las mesas del banquete de boda para mil doscientos invitados. Mesas redondas de diez, con el nombre de cada invitado ribeteado en oro en tarjetas apoyadas en las copas de champán. Ella misma en persona se había ocupado del protocolo. No era fácil juntar o separar a las distintas familias políticas, camadas de poder, alternar personajes célebres con desconocidos, jefes de Estado extranjeros con algún putón incontrolado, banqueros con artistas, señoras preocupadas por el escalafón de sus maridos, que eran idiotas superficiales o resabiados tiburones. Toda la España cañí, parte de la España negra, de la gris y la dorada estaban en la lista de invitados. Eso no era nada para lo que estaba acostumbrada esta madre como la hija mayor de trece hermanos, en una familia de clase media profesional, y eso quiere decir que había hecho muchas camas, había intercambiado

muchas faldas y rebecas, había ido a muchos recados a la farmacia, probablemente había puesto
muchos termómetros y había dispuesto hacer
croquetas aprovechando las sobras del cocido.
Ese trajín doméstico sobre doce hermanos lo
practicaba ahora sobre el marido, los hijos, los
fontaneros, secretarias, servidores, criados, jardi-
neros de la Moncloa y lo expandiría un día como
alcaldesa de Madrid, con despacho en la Cibe-
les más grande que el Despacho Oval de la Casa
Blanca, con doscientos cincuenta asesores y
trescientos coches oficiales, aunque el sueño de
Suárez en ese momento no llegaba a semejante
locura.

«En este pudridero de El Escorial están
todos reunidos —soñaba Suárez—, aquellos a los
que yo limpié las pocilgas del franquismo cuando me encargaron este trabajo de Hércules. Míralos ahí, todos felices, con la democracia en el
bolsillo y el poder en la entrepierna. Todos se han
hecho ricos y yo estoy lampando. Me tomaron
por un actor secundario de una película de romanos. Al comenzar la proyección, en medio de un
barullo de lanzas, yo era todavía un joven preto-
riano anónimo, al pie de la escalinata o en un ángulo del atrio, la pantorrilla liada con cinta de
cuero, la minifalda de hojalata, la pica crispada
en el puño, formando la guardia de palacio,
mientras un César blandengue, Franco con el
belfo caído, de tanto dar besos a los obispos con
babilla dulzona, pasaba con la comitiva de patri-

cios equipados con chaqueta blanca y camisa azul, camino del desfile de la victoria. La cámara nunca se detenía ante mí, ni analizaba en un primer plano mi mandíbula de jabalí, ni el ansia de poder que despedía mi mirada, pero los espectadores adivinaban que yo era un tipo que acabaría cortando el bacalao, aunque los compañeros de reparto lo ignoraban. Míralos ahora. Toda la antigua camada de franquistas reciclados están aquí estabulados en este bosque de cirios. Unos han sido falangistas, otros liberales o democristianos, algunos asesinos, ladrones, tecnócratas, banqueros golpistas, meapilas blandorros y jóvenes cachorros duros de pelar. Deben a mi arrojo el haber salvado su honor. Esas cosas nunca se perdonan. Fraga era el vaquero patoso, el que se iba a casar con la hija del ranchero. Todo estaba preparado, incluso alguien había bordado las sábanas; pero Fraga anduvo muy lento de reflejos y como amante era un desastre, un sobón que acariciaba a la chica a manotazos. No me costó nada birlársela. Eso no se perdona.

»Desde los despachos de la banca, de las armas y de las indulgencias plenarias, me vigilaban de cerca y me permitían coquetear con aquella rubia de ojos rasgados, amiga del príncipe Juan Carlos, sin saber el peligro que eso entrañaba para ellos, puesto que entre los tres habíamos establecido un juego. Cuando fui director de Televisión me comprometí a meter en cualquier telediario, viniera o no a cuento, una noticia del heredero que aho-

ra preside la boda desde un lado del altar. "A ver
qué hace éste con la chica", decían luego cuando
me llevé a Carmen conmigo a la Secretaría General del Movimiento, "a ver si sus manos se le van
hacia la zona del pecado". "Se llevará a esa rubia a
un pajar." "¿Tú crees?" "Ya lo verás. Es un desclasa-
do. Y ella una aristócrata roja que se acuesta con
cualquiera. Íntima amiga de la Zarzuela."».

*Un ángel del Apocalipsis da una lección
política desde la copa de un árbol y
anuncia la guerra como el postre
del banquete de boda...*

Adolfo Suárez había sido extraído de la computadora para hacer un trabajo sucio. Debía limpiar lo más grotesco de la dictadura: descolgar una araña de una fachada de la calle Alcalá, arriar algunos pendones, retirar ciertos escudos, adecentar el vocabulario fascista, reinventar otras palabras y dejar el camino expedito para que entraran después, sin mancharse las manos, los políticos de cuello blando, esos humanistas con garras de acero bajo el guante de cabritilla, los fascistas enmascarados que habían sido invitados a esta boda. Adolfo Suárez comenzó a usar sus artes ladinas de comunicador, el diabólico regate en seco, su perfil irresistible en las vallas, la fórmula secreta para encandilar a los adversarios en los tresillos del salón de Pasos Perdidos del Congreso de los Diputados. Creía en todo y en nada, pero daban muy bien en televisión sus ojeras lívidas, la mirada arañada por la vigilia, esa mezcla de súplica y desafío que exhibía en los grandes momentos, todo lo que le había enseñado aquella rubia desclasada, huidiza, Carmen Díez de Rivera, a la que Suárez buscaba ahora entre los invitados en las bancadas del templo de El Escorial sin saber que ya había muerto de un cáncer y que sus cenizas estaban enterradas bajo un olivo en el huerto del convento de las carmelitas descalzas de Arenas de San Pedro donde se había refugiado de monja al enterarse de que era hija del pecado y el chico con el que se iba a casar tenía su misma sangre.

Incluso los de su misma cuerda lo tomaban por un jeta. Nadie podía sospechar que fuera un político en estado puro, capaz de presidir con la misma soltura una monarquía, una república o un sóviet supremo, llegado el caso, con gorro frigio. Metido en faena, sólo tuvo que levantar el dedo mojado con saliva en medio de la calle para sentir de qué parte venía el viento, dejarse llevar por la deriva y arribar con la democracia hasta la dársena del Congreso, trayendo incluso a Carrillo en cubierta. Carmen le decía: «Algún día la historia te agradecerá este trabajo tan hábil, cuando estos mastuerzos asilvestrados de la derecha desaparezcan. Tengo prometido tomarme un chinchón a solas con Carrillo. Le acabo de saludar en el Ritz de Barcelona. Le caes muy bien. Dice que eres muy simpático y que has puesto todo de tu parte para sacarle del pozo, como si hubieras aprendido de chaval socorrismo en un campamento del Frente de Juventudes y en un momento determinado, arriesgando tu expediente, hubieras bajado con una cuerda de nudos hasta el fondo de la alcantarilla. Pero tu coraje quedará en nada si no lo usas para legalizar al Partido Comunista. Tienes que hablar de

esto con el rey. Yo le acabo de presentar a Tierno
Galván y a Javier Solana. El rey está encantado.
Procura que nadie te dé la vuelta. Tienes que ser
tú y no otro el que lo haga. No tengas miedo.
Los comunistas no muerden. Carrillo no tiene
rabo».

Los democristianos lo consideraban el bello Adolfo, un político mercenario al que había
que agradecerle cuanto antes los servicios presta-
dos. Los socialistas sólo querían tratar con gente
fina, con ricos de toda la vida. Lo tomaban por
un tramposo, por un tahúr del Mississippi. «Entre todos te abrieron la trampilla bajo los pies,
pero te vengaste bien —le decía la mujer rubia—. Mientras todos tus enemigos estaban con
la tripa en el suelo bajo el escaño, cuando entraron los cuatreros en la cantina del poblado, te
portaste como Gary Cooper, solo ante el peligro.
Esa imagen del Oeste que exhibes en el vídeo te
hará inmortal».

Ya no era un hortera, como le dijo Carmen el primer día en que cayó en sus brazos,
sino la sublimación de esa parte hortera que el
español medio lleva dentro: despertaba el sueño
indecible de hacer el salto del ángel desde la borda del yate, de lucir un bronceado de lámpara,
de subirse la pretina del cinturón con un tironci-
llo de chuleta antes de coger el taco del billar, de
ir vestido ligeramente entonado en azules, de jugar bien al tenis y tener un swing perfecto en el
golf, de poseer un pisapapeles en el despacho que

al ponerlo del revés comenzaba a derramar estrellas doradas sobre el palacio de la Zarzuela. «Todos quieren ser como tú», le decía la mujer rubia.

Puede que el monasterio de El Escorial estuviera cubierto de abrojos, sus patios con hierba hasta la rodilla y la iglesia donde se había celebrado la boda se la hubiera tragado la naturaleza salvaje. Puede que también en el Valle de los Caídos las raíces de los árboles llegaran hasta lo más alto de la cruz de granito y para ir de un lado a otro hubiera que abrirse paso a machete como en la selva virgen en medio de un griterío de monos y desgarrados sonidos de pájaros tropicales. Ninguno de los invitados se daba cuenta de este cambio. Los novios sonrientes abandonaron el templo de El Escorial entre aplausos, acordes del órgano y cánticos de la escolanía. Aleluya, aleluya, abrazos y palmadas, puros habanos por doquier, sedas sudadas. El presidente Aznar había casado a su hija ante los reyes de España. En ese momento los acordes del órgano se mezclaron con un griterío de los animales del bosque. A partir de ese instante se formaron dos comitivas de cochazos con las ventanillas tintadas, Mercedes, Audis, Bemeuves, Lexus, todoterrenos, monovolúmenes, autobuses contratados en dirección al banquete nupcial. A mitad de camino había una bifurcación con señales fosforescentes donde unos guardias civiles de gala, después de pedir la invitación al conductor por la ventanilla, determinaban con el brazo autoritario la dirección que cada vehículo debía tomar. Ustedes por aquí, ustedes por allá. Unos invitados fueron enfilados sin dudar un momento hacia la finca Los Arcos del Real, donde había cisnes, caballos, praderas recién rasuradas y una orquesta de violines tocaba a Scarlatti. Allí estaban los reyes de España, los políticos democristianos, liberales, tecnócratas finos. Todos tomaron asiento después del aperitivo guiados a la mesa por azafatas de piernas infinitas.

En cambio, otros invitados no menos numerosos, también sin dudar en absoluto, fueron conminados a seguir viaje en la oscuridad de la noche hacia el Valle de los Caídos, en cuya nave central, a lo largo de toda la basílica, estaba preparado otro banquete de bodas. Allí sonaba música gregoriana, salmos de Isaías, caían desde la bóveda abierta en la montaña unas goteras de agua negra o roja sobre todas las copas hasta llenarlas. Adolfo Suárez siempre creyó que el banquete de aquella boda se había celebrado en Cuelgamuros, a la sombra de una gran cruz de granito. En medio del banquete Suárez vio que Carmen Díez de Rivera se acercaba para rescatarlo. Llegó a su altura, aproximó los labios a su mejilla y le dijo en voz baja al oído: «Querido Adolfo, a nosotros nos toca estar con los otros invitados, entre cisnes y caballos, aunque esta boda es el principio del fin de una época. Ven conmigo antes de que sea tarde. ¿No oyes ya rugir los motores de los cazabombarderos?».

En los prados de Los Arcos del Real sonó música de violines durante la cena. Tintineo de cucharillas de plata, topacio de vino de Rueda en las copas talladas, esfumadas sonrisas de carmín pegadas a las servilletas de lino, ronroneo de negocios redondos entre señores de gran papada. Pero después de partir la tarta, mientras los novios bailaban un vals, de pronto, en medio de tanta felicidad, se fue la luz y en la oscuridad, en una de las paredes de lona blanca de la carpa, aparecieron las palabras de fuego, Mane, Tecel, Fares, las mismas que auguraron un destino aciago en el banquete de Baltasar en la emputecida Babilonia. Enmudeció la orquesta y enseguida sonaron las otras trompetas del Apocalipsis y en el silencio de la noche una gran voz se extendió por todo el valle. Dijo así la voz: «Y caerá una gran estrella del cielo y se le dará la llave del pozo del abismo y de este pozo subirá un humo semejante al de un gran horno y con el humo de este horno quedarán oscurecidos el sol y el aire y del humo del pozo saldrán langostas de hierro sobre la tierra con poder semejante al que tienen los escorpiones y se les mandará que no hagan daño a la hierba de la tierra, ni a cosa verde, ni a ningún árbol sino sólo a los hombres».

Así hablaba el ángel mientras se rascaba las axilas en el árbol de la vida. Va a empezar una guerra, se decían entre ellos los invitados más expertos. Aznar saldrá de este banquete de boda en dirección a las Azores y allí George Bush le pon-

drá la zarpa de tigre sobre su hombro. A continuación comenzarán a caer miles de toneladas de
acero sobre Bagdad mientras suena el *Aleluya*
de Haendel y un ejército de doscientos cincuenta
mil soldados, muchos españoles, cometerán el
error de invadir el territorio de Irak. Saldrán las
pancartas contra la guerra. Artistas, escritores,
profesionales y jóvenes libres de escamas presidi-
rán la manifestación. Carmen, la rubia de ojos
azules, le dijo a Suárez: «Un día te llevaré a la plaza de Lavapiés, donde están tumbados en las aceras algunos musulmanes fundamentalistas, nos
daremos un paseo por la calle del Tribulete, visi-
taremos algunos locutorios donde se recargan
ciertos móviles y si no se te ha estropeado el olfato, verás que la atmósfera está cargada de vengan-
za, que es el explosivo peor de todos, el más mor-
tífero. Pero yo estoy muerta y tú has perdido la
memoria».

　　«¿Cómo es posible que el padre de la novia, un político desgañitado y displicente que te
apunta con el dedo, como si amenazara y a la vez
te perdonara la vida, haya llegado a presidente
del Gobierno y se haya construido su pedestal de
estadista y haya metido a los españoles en una
guerra?», preguntó Suárez antes de elevar la cu-
charilla de plata con el helado de pistacho a los
labios. «Tuvo un atentado de ETA —contestó la
mujer rubia—. Su Audi blindado pasaba por
la calle José Silva, de Madrid, a las ocho de la mañana y a cuatrocientos metros de su casa se pro-

dujo la explosión de un coche bomba. Los terroristas midieron mal los tiempos. Por una fracción de segundo los veinticinco kilos de amonal se proyectaron contra la parte trasera del automóvil del político en lugar de darle de lleno, de modo que el coche no se aplastó contra la pared de enfrente sino que hizo un trompo y Aznar salió ileso, sólo con un leve corte en la cara. Reaccionó con serenidad, se sentó en un bordillo y luego en pie mostró entereza. ETA, con ese atentado, lo hizo presidente del Gobierno. Él también ha regresado de la muerte. Es un muerto viviente».

Ocurrió el 19 de abril de 1995. Al año siguiente Aznar ganó las elecciones. Desde entonces, cuanto más fuerte ha abrazado a España contra su pecho falangista, más la ha cuarteado; sus insultos de gallo de pelea han despertado en los suyos la necesidad de sacar también los espolones para no ser menos cuchilleros que el jefe, con lo cual ha convertido la política en un espacio agresivo donde mandar sólo significa mandar y nada más que mandar, con el único objetivo de derrotar al enemigo para curarse así de las frustraciones personales. Hubo un momento en que pidió que Luis Cernuda y otros poetas de la Generación del 27 acudieran en su ayuda. Incluso en uno de sus mítines citó a Manuel Altolaguirre. Se dio un paseo por la Residencia de Estudiantes, pero ese baño era una impostura.

En medio del bosque lácteo comenzaron a sonar más trompetas. «¿Quién habla así ahí arriba?», preguntó Suárez levantando la mirada hacia la copa de los árboles. Un ángel del Apocalipsis acababa de abrir el séptimo sello. Todas las cargas de basura que afloraban en la superficie llegaban acompañadas de la misma voz profética: no hay nada que hacer; así son las cosas, así es la vida. Esta boda con mil doscientos invitados, doscientos cincuenta camareros y setenta y cinco cocineros en el monasterio de El Escorial es el símbolo del estercolero nacional. Los ciudadanos respetables han pactado con gran conformismo la corrupción, los escándalos, los atropellos o las injusticias flagrantes, a cambio de un cierto bienestar económico. Así son las cosas. Así es la caída. Estas sensaciones cruzaban la desmemoria de Suárez cuando la ceremonia nupcial se dio por terminada.

*Juramento de los Principios del Movimiento Nacional entre varias raciones de calamares.*

Sin duda una de las personas que conocieron más profundamente la psicología de Franco fue Pedro Sainz Rodríguez, su amigo de juventud en Oviedo, cuando era catedrático especialista en literatura mística y Franco iba por allí a hacerle la corte a Carmen Polo. Don Pedro, un gordo sabio y mordaz, fue el principal conspirador civil contra la República, ministro de Educación en el bando nacional mientras duró la guerra y exiliado monárquico después. Vivía a la sombra de don Juan en Estoril como mentor y urdidor de estratagemas para que este pretendiente recuperara el trono de España.

El día 22 de julio de 1969 en las Cortes Orgánicas se iba a celebrar un acontecimiento importante. Juan Carlos, su hijo, debía jurar los Principios del Movimiento Nacional, un acto necesario para ser aceptado y proclamado sucesor de Franco a su muerte, no como restaurador sino como instaurador de una nueva monarquía. Con este acto se rompía la línea sucesoria de la Casa Real y don Juan quedaba apartado definitivamente del juego dinástico. El acontecimiento político de primera magnitud lo iba a transmitir en directo Televisión Española, de la que

Adolfo Suárez sería nombrado director general muy poco después, pero las imágenes de la primera y única cadena no llegaban a Portugal. Pedro Sainz Rodríguez y don Juan de Borbón tuvieron que salir de Estoril y cruzar la frontera para contemplar la ceremonia por televisión en el primer bar de carretera del territorio español, cerca de la raya de la provincia de Badajoz. En la barra de ese bar había chorizos pringados con manteca en cazuelas de barro, bandejas de tordos fritos, calamares a la romana, aparte de múltiples y variadas banderillas que ensartaban en un mondadientes un pepinillo, una cebolleta y un boquerón en vinagre. Colgaba del techo una cinta cubierta de una sustancia melosa donde se habían pegado cientos de moscas y el televisor en blanco y negro tenía unas cortinillas coronadas con unas flores de papel y estaba encasquetado con un soporte de herrajes muy alto en un rincón del establecimiento. Pedro Sainz y don Juan se sentaron en taburetes de la barra entre camioneros y tratantes, pidieron un café con leche y, rodeados de la indiferencia de los demás parroquianos, que hablaban del precio de los forrajes y de una verónica de El Viti, se dispusieron a contemplar cómo Franco le pegaba al jefe de la Casa Real, allí presente, una puñalada por la espalda. Entre el sonido de vasos y cucharillas, y gritos de ¡marchando un pincho de tortilla y una de boquerones!, se oía la engolada voz del locutor David Cubedo que narraba la ceremonia, primero el juramento y después el discurso del príncipe Juan Carlos, que entonces todavía pronunciaba las palabras con la lengua muy redonda.

En la pantalla don Juan Carlos ocupó su lugar a la derecha de Franco, que estaba iluminado de lado con una lámpara de enagüillas y tenía las gafas en la punta de la nariz. El silencio en la Cámara era absoluto. Ante el jefe del Estado y el presidente de las Cortes, el hijo de don Juan hincó las rodillas en un cojín de terciopelo granate, colocado en la tarima de madera. Sobre la mesa estaba abierto el libro de los Santos Evangelios, el mismo en el que prestaron juramento la reina María Cristina, como regente, y el rey Alfonso XIII, trastatarabuela y abuelo, respectivamente, de don Juan Carlos.

El presidente de las Cortes, don Antonio Iturmendi Bañales, preguntó al príncipe: «En nombre de Dios y sobre los Santos Evangelios, ¿juráis lealtad a su excelencia el jefe del Estado y fidelidad a los Principios del Movimiento Nacional y demás Leyes Fundamentales del Reino?».

«Sí, juro lealtad a su excelencia el jefe del Estado y fidelidad a los Principios del Movimiento Nacional y demás Leyes Fundamentales del Reino.»

El presidente de las Cortes concluyó: «Si así lo hiciereis, que Dios os lo premie, y si no, os lo demande».

A continuación S. A. R. pronunció un discurso:

«Mi General, señores Ministros, señores Procuradores: plenamente consciente de la responsabilidad que asumo, acabo de jurar, como Sucesor a título de Rey, lealtad a Su Excelencia el Jefe del Estado y fidelidad a los Principios del Movimiento Nacional y Leyes Fundamentales del Reino. Quiero expresar, en primer lugar, que recibo de Su Excelencia el Jefe del Estado y Generalísimo Franco la legitimidad política surgida el 18 de julio de 1936, en medio de tantos sacrificios, de tantos sufrimientos, tristes, pero necesarios, para que nuestra Patria encauzase de nuevo su destino. Pertenezco por línea directa a la Casa Real española y, en mi familia, por designios de la Providencia, se han unido las dos ramas. Confío en ser digno continuador de quienes me precedieron. La Monarquía puede y debe ser un instrumento eficaz como sistema político si se sabe mantener un justo y verdadero equilibrio de poderes y se arraiga en la vida auténtica del pueblo español. Mi General: desde que comencé mi aprendizaje de servicio a la Patria me he comprometido a hacer del cumplimiento del deber una exigencia imperativa de conciencia. A pesar de los grandes sacrificios que esta tarea pueda proporcionarme, estoy seguro de que "mi pulso no temblará" para hacer cuanto fuere preciso en defensa de los Principios y Leyes que acabo de jurar. En esta hora pido a Dios su ayuda y no dudo que Él nos la concederá si, como estoy seguro, con nuestra conducta y nuestro trabajo nos hacemos merecedores de ella.»

«¡¡Una de chorizo y una española con atún!!», gritó un camarero. Terminada la jura, don Juan se secó las lágrimas y a continuación pidió una ración de chorizo y un chato de vino. Se volvió hacia Pedro Sainz y le dijo: «Al menos hay que reconocer que Juanito ha leído muy bien». Montaron en el coche y don Juan, descabalgado de la dinastía, volvió a Estoril llorando. Después largó amarras en su yate *Giralda* y se dio un garbeo por el mar.

Apenas emitido el juramento, en la conciencia del príncipe, tal vez, se inició una jugada, que sería larga y azarosa, para desdecirse de las palabras que había pronunciado. Dos personajes entraron a continuación en escena sin que nadie reparara en ellos, salvo el gordito don Pedro, quien comenzó a tejer desde la oscuridad la tela de araña. Adolfo Suárez fue nombrado director de Radiotelevisión Española y poco después llamó con los nudillos en la puerta de su despacho Carmen Díez de Rivera, dispuesta a servir de enlace entre el príncipe y este joven de mandíbula cuadrada. La mujer rubia en esa encrucijada se estableció en reina de corazones en el vértice de ese triángulo. Llegaba herida, pero llena de ambición política, con ese donaire más allá del bien y del mal, que dota de moralidad a las almas nobles.

En la niebla de la memoria Adolfo Suárez a veces recordaba sus lecciones, que ella le transmitía después de haberlas recibido a su vez de don Pedro Sainz, durante algún almuerzo con la servilleta colgada de la nuez. «Oye, Adolfo, a ver si aprendes la lección. Dice el gordito Sainz que Franco como dictador sólo tiene una obsesión sin fisuras: durar, durar, durar hasta morir en la cama, junto al brazo incorrupto de Santa Teresa y el manto del Pilar, y una vez muerto ser enterrado con honores de faraón en el Valle de los Caídos. No te engañes. Contra lo que pueda parecer, al dictador la ideología le trae sin cuidado. Sólo machaca a quienes se le enfrentan directamente o ponen en cuestión su poder. Por eso considera que su enemigo más peligroso es el padre del príncipe, don Juan de Borbón, el que quiere arrebatarle el sillón. El comunismo y la conjuración judeomasónica son una coartada retórica para cubrirse. Su demonio no está en Rusia sino en Estoril. La censura moral la ha dejado en manos de la Iglesia. Desde los años de la guerra en Salamanca, donde firmaba sentencias de muerte en batín siempre a la hora del desayuno mientras mojaba churros en el café con leche, se ha ido adaptando de forma pragmática como un galápago a la realidad cambiante del país. "Bueno, haced lo que haya que hacer. A mí dejadme matar perdices", les dice a sus ministros, a los que trata como coroneles dentro del enorme cuartel de España. A él le basta con refregar su victoria por las narices de los perdedores de la guerra cada 18 de Julio, incapaz como es de olvido y perdón.»

Por lo demás Carmen Díez de Rivera venía de una aristocracia un poco pasada, una aris-

tocracia de mucho traje blanco, vacaciones en San
Sebastián y en Biarritz, casa solariega con oratorio
privado y director espiritual muy de manga ancha,
fiestas de sociedad, pedidas de mano y bailes de
debutantes, todo un poco ajado, sin demasiado
estilo, un mundo fenecido en el que había entrado su madre, Sonsoles de Icaza, marquesa de Llanzol, por matrimonio, una real hembra especialista
en cazar a cualquier personaje que le interesara, ya
fuera banquero o intelectual. Arrasaba por donde
iba sin prejuicios que le impidieran reinar sobre
aquellas familias conocidas del barrio de Salamanca. «¿Cómo sales con ése si no tiene título no-
biliario?», decían las madres a las hijas. Pero ese
mundo no era el espejo velado de una película de
Visconti. De cerca aquellos aristócratas eran bas-
tante horteras, con caspa en los hombros, pequeños, gorditos, con el cuello corto y bigotito. Unos
eran puntas de rama, medio alcoholizados, solte-
rones, siempre con blazer azul, fular y pantalones de franela, que tomaban el aperitivo en el Corrillo de Serrano o en El Aguilucho al mediodía
con los ojos arañados por la resaca anterior, recién
levantados, sin nada que hacer sino esperar el aperitivo del día siguiente para seguir hablando de
fincas y venados. Entre ellos se producían muchas
uniones de lindes a través de las sacristías bende-
cidas por la iglesia, pero había muchos más cambios de pareja, líos y maledicencias.

«Yo soy fruto de un adulterio, para que
veas, Adolfo. Tú que eres tan beato, a lo mejor te

escandalizas —le decía la mujer rubia—. Mi madre, una real hembra, se lió en aquel Madrid de ceniza con un ministro, un guapo castigador. Se rumoreaba que Concha Piquer también era amante de Serrano Suñer. Sé que mi padre biológico le mandaba todos los días una cesta de flores al camerino cuando actuaba en Madrid y en cualquier teatro de provincias. Me crié entre algodones en medio de esta granja de engorde y reproducción que es la aristocracia. Una doncella me llevaba al parque del Retiro en un coche de bebé que tenía las ballestas de suspensión de un Rolls-Royce. En el bachillerato estuve interna en el Colegio Jesús-María de la calle Juan Bravo, ¿te imaginas?, interna a quinientos metros de mi casa de la calle Hermosilla».

La marquesa de Llanzol se salía de aquella reala que nunca leyó un libro. Ortega y Gasset estaba enamorado de ella como un crío, la cortejaba, le mandaba cartas ridículas, sonrojantes, babeantes, que algún día habrá que quemar. Le gustaba verla jugar al tenis en el Club de Campo o de Puerta de Hierro mientras se tomaba un vermut Cinzano bajo el parasol imaginando filosofías. Ella se dejaba halagar por aquel filósofo, faro de la inteligencia española, y no se sabe si llegó un día a pararle los pies, como hizo Victoria Ocampo, la reinona millonaria argentina que ante su propuesta un poco atrevida le dijo: «Don José, yo le he traído a Buenos Aires como pensador, para la cama ya tengo a un campeón de polo». Xavier Zubiri también la adoraba pero se conformaba con pellizcarle el culo después de las conferencias que impartía en los salones del banco Urquijo sobre la inteligencia sentiente o la esencia de la nada, todo en el aire delicado, exquisito de la Sociedad de Estudios y de la *Revista de Occidente*.

La mujer rubia era amiga íntima del príncipe Juan Carlos por lazos familiares. Una prima estaba casada con el coronel Alfonso Armada, que era su ayudante e instructor. De regreso de África en 1967, la invitaban a cenas y fiestas en la Zarzuela. Su hermana Sonsoles estaba casada con Eduardo Fernández de Araoz, concuñado de la infanta Pilar, hermana de Juan Carlos. Su tío Ramón, marqués de Huétor, fue jefe de la Casa Civil de Franco. La mujer de éste, Pura Huétor, una verdadera arpía, era íntima amiga de doña Carmen, y la que le llevaba todos los chismorreos de la calle. «Yo bromeaba a veces con Juan Carlos y le decía: "Hay que imaginar a millones de óvulos y espermatozoides de oro saltando, bailando, bajando desde la Edad Media por todas las uretras de la historia, desde Fernando I de Castilla, Wifredo el Velloso, los Reyes Católicos, María Estuardo, Luis XIV, María Teresa de Austria, Felipe de Orleáns y también Canuto II el Grande, Iván el Terrible, el emperador alemán Guillermo II, realizando entre ellos infinitas combinaciones hasta concentrarse en ti, querido Juan Carlos, que en el fondo no te distingues de cualquier otro joven en el momento de alargar el brazo hasta la barra para trincar el gin-tonic, mientras cuentas un chiste cuartelero". El príncipe se reía y por lo visto tampoco le habría importado que nuestros respectivos óvulos y espermatozoides jugaran juntos cualquier tarde en uno de aquellos refugios de la sierra de Gredos.»

En la genealogía de Juan Carlos de Borbón hay reyes que fueron santos y otros que fueron crueles, magnánimos, ceremoniosos, felones, terribles, grandes, locos, hermosos, magníficos, justicieros, melancólicos y breves. El guisante de Mendel tiene dónde escoger. En la monarquía se mezclan el Estado y las hormonas, los avatares de la historia y la aventura ovárico-seminal, que no es menos convulsa. Dado este fondo irracional, mágico y genético en que se sustenta la monarquía, los ciudadanos libres, ante un príncipe heredero, se hacen dos preguntas, sólo dos: cuál es su carácter y con quién se va a casar, ya que los príncipes tienen mucha naturaleza y vienen al mundo para fabricar más príncipes, aparte de bastardos. Por eso la gente llana, que soporta la historia como una losa, está muy interesada en saber de sus soberanos sólo cosas muy sencillas, el carácter, las aficiones, los amores, las taras hereditarias, las veleidades, la identidad de la pareja en la que van a depositar el don de sus genes, porque ese tejido vital tan vulgar, tratándose de príncipes y reyes, está unido a la sustancia del Estado y de ello depende no sólo un sueño de hadas sino también el que uno pueda dormir tranquilo. El príncipe Juan Carlos es muy normal, dicen cuantos lo conocen. Como es lógico, se trata de una normalidad especial.

En aquellos tiempos en que Madrid olía a pellejo de vino que acarreaban los boteros, en el palacio de Oriente los cortesanos, lacayos con librea y otros zánganos de dorado caparazón zumbaban alrededor del monarca disputándose el honor de sacar a la intemperie la bacinilla real. «Cuando yo nací —le decía a Suárez la mujer rubia—, ese mundo ya no existía salvo en la imaginación de unos aristócratas acartonados. El príncipe Juan Carlos no tiene alrededor a nadie que le haga creer que vaya a reinar, salvo nosotros dos: una extraterrestre y un advenedizo jugador de póquer. Tú y yo nos vamos a aliar con él. Hazme caso. Te veo perdido haciendo la pelota a unos políticos pasados de tiempo. El príncipe es el futuro. Tienes que darle cancha en televisión para hacerlo popular. Vive en un chalé de las afueras, como un ejecutivo, juega al mus con un marqués y un gitano, se le ve en la barrera de los toros, habla como un castizo, tiene aspecto de gustarle mucho los huevos con chorizo y se duerme en los conciertos, aunque es probable que le agrade 'O sole mio. Es simpático, muy galante con las mujeres y tiene desparpajo. Mata perdices, ciervos, marranos, osos y elefantes. Yo soy una muerta viviente y esas cosas las veo desde el otro lado».

Otro día Carmen le dijo a Suárez en el aguaducho del Manzanares donde habían desembarcado con la vespa: «Tenemos que hacer entre los dos un rey que vaya al supermercado en bicicleta, que realice expediciones de arqueología, que restaure incunables, que vacune cerdos y se entretenga en el jardín con la podadera hasta lograr una rosa malva después de cien injertos, como hacen algunos colegas suyos de Escandinavia. Mi padre oficial, el buenazo de Llanzol, de niña me tenía en sus rodillas y me hablaba de aquel palacio real en sus tiempos».

El rey desarrollaba el enorme trabajo de cambiarse de traje o de uniforme diecisiete veces al día con sus correspondientes polainas de caña de antílope, medallas, charreteras y todo eso, lo que equivale a abrocharse mil botones cada jornada. Hacía bastardos en invierno y primavera. Pasaba el verano en San Sebastián con cuello de porcelana, traje color hueso semientallado y sombrero duro con cintilla blanca. Los aristócratas seguían a la Familia Real en su veraneo, se fotografiaban en bombachos con una pantorrilla de rombos en el estribo del Hispano-Suiza y jugaban al polo. Los reyes también visitaban a los apestados en cualquier epidemia o a los descalabrados de una guerra colonial y consagraban a sus súbditos al Corazón de Jesús. Como una gran aventura, Alfonso XIII había recorrido en mula Las Hurdes en compañía de Marañón y algún cirujano sangrador, para ver de cerca a aquella pobre gente enferma de bocio. A pesar de todo, la vieja monarquía era un poco paisana. Mojaba las galletas en la taza de té, parecía fascinada por un casticismo de Ribera de Curtidores y celebraba los lances de Lagartijo. Los aristócratas palaciegos servían de enlace con el mundo exterior. En los saraos de palacio formulaban cuitas o maledicencias agitando los polleros a la sombra de los tapices entre un laberinto de espejos, y durante las cacerías y otras merendolas campestres las camarillas ejercían su presión en torno a los íntimos aposentos.

Adolfo Suárez preguntó a la gacela: «¿El príncipe sabe que me he enamorado de ti?». «No seas idiota —contestó ella—. ¿Cómo puedes decir eso? Si lo supiera, se pondría muy celoso. Tenemos que fabricar entre los dos un rey que no tenga que huir de nuevo en un destructor de la Armada por Cartagena. Tú vienes del fascismo. Yo te presentaré gente de la oposición. Abriré las ventanas para que en tu despacho tan rancio entre aire de la calle. Al príncipe le pondré en contacto con gente normal, intelectuales, escritores, artistas. Soy una aristócrata nacida del adulterio, hija de un político conspirador. Estoy más allá del bien y del mal. Muerta. Llena de vida. ¿Me entiendes? Entrégate. Anda, atrévete a darme un beso, falangista, santurrón. Aquí no nos ve nadie salvo esa abubilla que nos contempla desde esa zarza».

Los fusilados y las muertas vivientes tienen el pasmo de ver el pasado y el futuro dentro de un vaso de sangría, como aquella tarde Carmen y Adolfo veían la historia de España. «Si en este país lloviera de forma suave y oblicua sobre los lomos de vacas húmedas de ojos azules y hubiera ríos navegables —dijo la corza herida por un doble amor—, no habría problema. Pero Juan Carlos, rey, tendrá al menos una ventaja. Ya no existe la historia. Juan Carlos se salvará por su simpatía, su desparpajo y la necesidad que tiene de que le quieran porque viene de una larga humillación, de un silencio impuesto por un dictador, por el lance de haber traicionado la línea sucesoria contra su padre, por una saga de desgracias personales que se manifiesta en una mirada desvalida, el accidente aciago de haber matado a su hermano jugando con una pistola, de que le salgan hijos bastardos de debajo de las piedras. Pero es alto, rubio y campechano. Tiene a favor que los viejos monárquicos no le quieren; en cambio, los pintores abstractos compondrán serigrafías en su honor, escritores republicanos de barba contracultural se vestirán alborozadamente de gris marengo antes de darle la mano, algunos rebeldes de imperdible dejarán de picarse la vena para ir a la recepción y las chicas del grupo roquero ensayarán la media reverencia frente al armario de luna. La cosa va a funcionar, ya lo verás».

Adolfo Suárez, presidente del Gobierno, en su desmemoria tenía imágenes desvaídas de un Juan Carlos que se permitía la modernidad de romperse la cadera esquiando. El deporte es una ascética para gente de sangre azul y en este sentido la parte visible de su figura, la que el pueblo llano consumía sentimentalmente por medio de las revistas del corazón, era el yate en Mallorca, el rey desnudo duchándose en cubierta después de una regata, habladurías de una cala secreta con el *Fortuna* lleno de chicas rutilantes, carne fresca siempre renovada que le proporcionaban los amigos, un poco de squash, imágenes de Baqueira Beret, aquel resbalón en la piscina cuando se dio contra un cristal, las escapadas en motocicleta bajo el anonimato del casco, las cenas en el restaurante Landó o en Casa Lucio con los compañeros de promoción en las armas, los chismes sobre amantes mallorquinas, las fotografías hieráticas en las audiencias o en maniobras militares con la guerrera abierta, la boina ladeada y el bocadillo de campaña. «¿Dónde está el Rey?», preguntaban desde el Ministerio del Exterior. «No se sabe. Ha desaparecido», respondía desde la Zarzuela el general Sabino Fernández Campos. «Su majestad debe firmar un decreto para que aparezca mañana en el Boletín Oficial del Estado.» A veces hubo que mandar un avión Mystere a Suiza a altas horas de la noche, llamar a una determinada suite de cualquier hotel para recabar la firma real. Juan Carlos se hallaba todavía en estado de gracia, y todo se le perdonaba. En España había una monarquía sin corte. El palacio de la Zarzuela era una mansión somera, con hábitos de alta burguesía de familia desestructurada, cuyo lujo en un país industrial estaba al alcance de cualquier mediano magnate del pollo frito. Pero ¿existían cortesanos? Sin duda alguna. Algún manco, algún árabe con un grifo de oro en la entrepierna bajo la chilaba. Sólo que no se parecían a los de antes. Los palaciegos son seres que tratan, con suerte o sin ella, de influir en la voluntad del rey, de llevar la presión de sus intereses hasta el pie de la firma. En la antigüedad se les reconocía al instante por el plumero. No en sentido figurado. Ellos se adornaban con penacho y casaca con grecas de oro, botines de paño y bigote engomado. Iban en carroza por la calle del Arenal entre afiladores, boteros, buhoneros y perros sin collar en dirección al palacio de Oriente, donde tenían un despacho de damasco y conspiraban detrás de los cortinajes. Los cortesanos de hoy estaban muy lejos y Suárez los conocía. Como en otras cortes europeas, el palaciego podría ser el embajador influyente de un país que tiene la sartén por el mango, o el ejecutivo de una multinacional que llama por persona interpuesta desde un rascacielos de Nueva York, o el jefe de la CIA, o el dictador suramericano que es capaz de comprar quinientos camiones Pegaso a cambio de una visita de adorno en nombre de la Madre Patria, o el jeque árabe que te besa la mejilla y estampa en ella un cheque de cien millones de dólares, o el banquero en apuros o el industrial boyante que quieren pedir favores o regalarle un Biscúter, como a Franco, o un yate, como en este caso. También estaban los pelmazos por cuenta propia, esos que el guardia detiene junto a la verja con unas cartas de tarot.

En la memoria de Suárez un buen día cesaron los chascarrillos. La gente sabía que Juan Carlos era capaz de partir dos ladrillos con un golpe seco de kárate con el filo de la mano. Poseía una carcajada muy borbónica pero nunca hablaba de política, el general Franco se lo había sacado de la manga como un rey de naipe y lo estaba vaciando a su imagen y semejanza. Algo pudo aprender a su sombra. Franco tenía las virtudes menores del ser humano muy desarrolladas. Habilidad, constancia, picardía, desconfianza y un instinto de reptil para cambiar de piel y adaptarse al medio. En cambio, carecía de los dones mayores que la naturaleza concede a los grandes y magnánimos estadistas. Dentro de esta escuela, este joven de piernas largas nunca opinaba nada, pero el público se dividía en dos: unos decían que era listo y se hacía el tonto como el emperador Claudio, otros creían que Dios no le había regalado demasiadas luces pero que era simpático; unos juraban después de haberlo tratado que un día podría dar la sorpresa, otros pensaban que el invento no tenía ninguna posibilidad de funcionar. Los jerarcas del régimen le pasaban la mano, lo veneraban como a una alargadera del dictador. La oposición se limitaba a hacer chistes acerca del caso, que es la forma con que la impotencia política se lame la llaga del costado. Hablaban de su próstata, de sus testículos. En algunas redacciones y tertulias se decía que el testículo que le habían extirpado lo recuperó una reportera de *Interviú* de un contenedor de desechos quirúrgicos con ayuda de un celador compinche. Parece ser que lo conservaba como una presea desde entonces y solía mostrarlo a los amigos en algunas fiestas en casa dentro de un frasco de formol recamado con grecas doradas y la silueta de un elefante con la trompa alzada. A pesar de todo, a los gerifaltes de antaño les silbaba detrás de la oreja la consabida mosca a causa de su padre, don Juan, que había tomado una postura pública contra el régimen de Franco desde el Manifiesto de Lausana, en 1945, y no podía variarla sin menoscabo de su autoridad. Juan Carlos había venido a España y no dijo nada, de modo que podía jurar todas las leyes que le ponían delante sabiendo en la intimidad que eran reformables dentro de un contorno. Se calló, pero lo pensó. Luego lo hizo. Los liberales, los del contubernio de Múnich, los democristianos, la oposición moderada se había subido en lo alto del tobogán con don Juan en Estoril, la historia se deslizó suavemente y el cúmulo de demócratas cayó en brazos de Juan Carlos. Fue un lance político entre grandes maestros, uno de ellos, el principal, aquel gordito Pedro Sainz, que urdió esta trama desde aquel bar de carretera entre gritos de parroquianos, que pedían una de calamares.

*El adulterio frenético bajo las bombas,
el embarazo exquisito en el Madrid
de la Victoria.*

Al regresar de Costa de Marfil, donde pasó tres años en el poblado de Daloa como cooperante de unas monjas francesas, la mujer rubia quiso enfrentarse de una vez con uno de los fantasmas que la visitaban todas las noches en el sueño. Tenía que hablar cara a cara con Serrano Suñer, dejar de llamarle tío Ramón y atreverse a llamarle padre y saber si él la aceptaba como hija. Cruzó unas palabras formales por teléfono, para concertar una cita en su casa o en cualquier otro lugar. Fue en su casa una tarde en que, según le dijo, estaría solo, sin la mujer ni los hijos. Carmen llegó puntual. Llamó al timbre. Una vez, dos veces, tres veces, sin respuesta. Pensó que el vacío le esperaba de nuevo. Después de cinco minutos oyó unos pasos; a continuación, muy elegante, sin perder todavía su apostura de dandi impecable con fular, él mismo abrió la puerta, le dio un beso y, ante su sorpresa, en lugar de llevarla al salón y ofrecerle un café o algo así, la hizo pasar a un despacho forrado de libros y se atrincheró detrás de su mesa de trabajo y le señaló un sillón alto que había frente a él para que se sentara, como si fuera una clienta que iba a consultarle un problema jurídico. Antes de pronunciar la primera palabra, mientras removía unos papeles para poner cierto orden en una carpeta o para dominar su evidente nerviosismo, puesto que no sabía cuáles eran las intenciones ni las salidas de carácter de la chica, ella tuvo tiempo de contemplar algunas fotografías que adornaban los anaqueles de su biblioteca. Todas eran recuerdos familiares, no había ninguna en que se le viera como gerifalte del franquismo, peinado hacia atrás con brillantina, la chaqueta blanca con el yugo y las flechas en la solapa y la camisa negra que le sentaba igual o mejor que al conde Ciano, el ministro y yerno de Mussolini. En una foto aparecía con su mujer Zita Polo y los hijos, entre ellos el novio de Carmen, todavía niños con sus gorritos blancos en la playa de Benicasim, donde pasaban las vacaciones en la mansión de El Palasiet, encima del hotel Voramar, muy cerca de la Villa Elisa, de su amigo Joaquín Bau. Aunque había nacido en Cartagena, Serrano Súñer, de muy joven, estaba vinculado a Castellón, donde su padre era ingeniero del puerto. De esa raíz le venía a la mujer rubia su amor al Mediterráneo, tal vez. Le gustaba el mar para nadar, no para bañarse. Carmen le comentó lo guapo que estaba en una de aquellas fotos. «¿Guapo? Ja, ja», exclamó. Entonces Serrano Súñer comenzó a hablar sin mirarla directamente a los ojos. «Cuando eras niña —dijo—, tu madre se servía de ti como enlace entre los dos. Si pasaba un tiempo sin verme se ponía muy nerviosa y te mandaba una doncella a la habitación con el recado: "Llama al tío Ramón y dile que tienes muchas ganas de estar con él para que te haga muchos mimos". Era una contraseña. A veces me hablabas por teléfono a altas horas de la noche y entonces yo sabía que tu madre estaba desesperada. Temía perderme. Estaba loca. Era una joven increíble, fuera de lo común. Me enamoré de ella en Burgos, en plena guerra, cuando yo era todavía ministro del Interior. Tu madre era sin duda la única chica con clase en medio de aquel fragor rancio de aristócratas y gente adinerada que había huido de la zona roja para cobijarse al amparo del bando nacional. Yo estaba construyendo jurídicamente la forma del Estado y cada habitación, incluso cada rincón de aquel palacio de Burgos, era un ministerio. Entraban y salían funcionarios, todos con los partes de guerra dibujados en el rostro. Era una trinchera burocrática y en medio de aquella confusión tu madre aparecía por el despacho, desenvuelta, inteligente, seductora. ¿Cómo no me iba a enamorar, si era el único ser que justificaba estar vivo en medio de aquella carnicería? Burgos era una ciudad pequeña, tomada por los militares en todas sus costuras. Ese ambiente castrense y clerical, el clima de violencia de una guerra fratricida, que lo llenaba todo, cuarteles, iglesias, sacristías, bares y alcobas, favorecía la transgresión erótica, el peligro aún la acrecentaba más, era muy excitante la sensación de que todo podía suceder por última vez. Yo tomaba a tu madre como una batalla que debía ganar. Tenía muchos rivales. Tu madre era cautivadora, muy coqueta».

Carmen estaba ahora en el despacho de Serrano Suñer y en los instantes de silencio, que le parecían eternos, no dejaba, tal vez, de imaginar aquella escena. Burgos en plena guerra. Despacho de ministro del Interior, en el mismo palacio donde vivía Franco. Sonsoles de Icaza, marquesa de Llanzol, casada con el comandante aristócrata, grande de España, Francisco Díez de Rivera y Casares, que andaría por alguna de las oficinas, esa mujer de veintisiete años, de cuerpo espléndido, un metro setenta y cinco de estatura, con zapatos de tacón de aguja de diez centímetros, atravesando pasillos y estancias bajo el traqueteo de las máquinas de escribir, seguida por la mirada entre admirativa y aviesa de los burócratas del antedespacho del ministro del Interior. «Ahí viene otra vez», se decían con un guiño malicioso. Cruzaba sin saludar a nadie. Dos golpes de nudillo en la puerta. El ministro la hacía pasar. Los funcionarios más cercanos oían el cerrojo que dejaba aquel recinto hermético e impenetrable para Dios, la patria y el resto del mundo. Carmen no podría dejar de pensar lo que sucedería allí dentro. Imaginaba a su madre sentada en las rodillas de Serrano en el mismo sillón desde donde se daban órdenes de la máxima crueldad, cárceles, fusilamientos, torturas contra el bando republicano, mientras el chasquido de los besos sería igual de violento y la posesión inminente, voraz, rápida, angustiosa de los cuerpos sobre un sofá de cuero negro bajo el retrato de Franco, su cuñado, no podría desmerecer el fragor de cualquier bombardeo.

«¡Dios mío, cuánto llegué a querer a tu madre! Después de la guerra, con la euforia del triunfo, en Madrid continuamos nuestra relación. Pero tienes que comprender que ese amor me costó mi carrera política. ¡Dios mío, cuánto quise a aquella mujer!» Carmen imaginaba a Sonsoles de Icaza después de la guerra en aquel Madrid de la Victoria, lleno de miedo y de hambre, de mendigos y de funcionarios represaliados, luciendo un embarazo bellísimo, propio de un adulterio, entre las familias conocidas del barrio de Salamanca, mientras Serrano Suñer, elevado a ministro de Asuntos Exteriores, acompañaba a Franco a entrevistarse con Hitler en la estación de Hendaya, viajaba a Berlín a parlamentar con su colega Von Ribbentrop, era invitado por el canciller alemán en su Nido del Águila, lanzaba desde el balcón de la calle de Alcalá el anatema «¡Rusia es culpable!» para movilizar a los voluntarios de la División Azul, y sobre todo la fascinación que ejercía entre algunas mujeres del barrio de Salamanca, ojos azules de acero, cejas rectas, rubio, el pelo planchado y su uniforme de fascista nazi, realmente era el único al que le sentaba bien y sabía llevarlo con estilo en medio de la caspa de jerarcas del régimen con el cuello sudado y las uñas sucias.

«Eres mi hija, querida Carmencita, la que más se parece a mí, todo el mundo lo sabe, aunque no pueda reconocerlo públicamente para no hacer daño a personas que quiero mucho. Por ti he pagado mi culpa.»

Después de aquella visita a su padre biológico, recién regresada de África con todos los traumas todavía en carne viva, tuvo que enfrentarse a la vida diaria en la calle Hermosilla al lado de su madre y sobre todo junto a la sombra callada de aquel teniente coronel aristócrata, bonachón, que la adoraba, Francisco de Paula Díez de Rivera y Casares, que la había tenido en brazos de niña, que la había mimado y había demostrado que era aún su preferida entre los cuatro hermanos. Como si el drama no fuera con él, este hombre bueno y leal asistía con desgana a las fiestas de sociedad, se ponía con suma pereza el esmoquin, el chaqué o el frac para bailes, bodas y otros eventos propios de su clase, pero sólo ansiaba estar sentado en el salón de casa leyendo sin que nadie le molestara.

Cada año los condes de Elda celebraban una fiesta de Nochevieja, famosa en aquella época de los años cincuenta. No eras nadie en la sociedad madrileña si no habías sido invitado por los Elda a aquel rigodón donde las parejas bailaban con sus amantes. Hay que imaginar a Sonsoles y a Serrano Suñer danzando ante la mirada del marido, un viejo caballero que contemplaba aquel sarao con las cuatro cestitas vacías de las doce uvas en las manos, que guardaba para sus cuatro hijos. Su mujer, treinta años más joven, llevaba una vida agitada con su amiga Aline, condesa de Romanones, montaba a caballo en el Club Puerta de Hierro, iba de cacería a fincas de banqueros amigos, viajaba por todas las ciudades del mundo, oía flamenco en el Corral de la Morería, asistía a conferencias de José Ortega y de Xavier Zubiri para pasar el rato en la Sociedad de Estudios del banco Urquijo, en la Casa de las Siete Chimeneas. Era una especie rara de mujer madrileña. Hablaba perfectamente inglés y francés, había incorporado la cultura a su vida y encima la vestían directamente modistos de París. Ella misma había ayudado a promocionar a Balenciaga, que a su vez la había elegido como su musa. «Por ahí va la marquesa de Llanzol», decían a su paso los señoritos de El Aguilucho, que estaba junto al portal de su casa, o los del Corrillo de Serrano con un gin fizz en la mano y la otra en el bolsillo del pantalón de franela rascándose los genitales como es debido. Pasaba montada en su Cadillac. Era el Madrid de Ava Gardner y de Sonsoles de Icaza, marquesa de Llanzol. No había más.

«En mi inconsciente yo había aislado a mi padre biológico con una especie de tapa de quesera para que no se lo comieran las pequeñas ratas que llevaba dentro. A mi padre Llanzol lo seguía queriendo, adoraba la silenciosa ternura con que me miraba aun sabiendo que no era su hija, ¡cuán-

ta bondad tenía aquel hombre!, "¡cuánto vas a sufrir, Carmencita!", me decía, pero a mi madre ya
no pude soportarla más, me crispaba su desenfa-
do, el que sólo pensara en sí misma y que el cariño hacia sus hijos fuera siempre un triunfo que
había que agradecerle. Era muy raro lo que me
pasaba con ella. La quería y no la podía aguantar.
Cuando Serrano rompió con ella en 1955 se re-
volvió contra mí porque yo le recordaba demasiado a esa pasión perdida. Nuestra relación llegó a
tal extremo de degradación que un día me ofreció un millón de pesetas para que me fuera de
casa. No lo acepté, pero dejé de vivir en Hermosilla y me independicé. Fue una etapa muy
dura. Estudiaba en la facultad de Filosofía. Todos
mis amigos pensaban que era una chica muy
rara. No tenía dinero. Me alimentaba sólo de
huevos crudos. Por quince mil pesetas al mes Zubiri me colocó como su secretaria en la Sociedad
de Estudios, donde a veces me cruzaba con mi
madre cuando acudía a alguna conferencia. Había allí un ambiente exquisito, el presidente marqués de Bolarque, el consejero delegado Juan Lladó, el historiador Ramón de Carande, gente de la
Institución Libre de Enseñanza. Para que veas. El
secretario general del banco Urquijo era José Muñoz Rojas, un terrateniente, caballista andaluz y
sobre todo un excelente poeta virgiliano, de la
Generación del 27. Este finísimo autor estaba un
día en su despacho de secretario general. Llamó a
la puerta delicadamente con los nudillos el conse-

jero delegado Juan Lladó para hablarle de un asunto del banco y desde la puerta entreabierta, al ver que estaba garabateando con pluma estilográfica una cuartilla impoluta, le preguntó: "Pepe, ¿qué haces?". El secretario general le contestó sin levantar la cabeza: "Estoy escribiendo un soneto". Juan Lladó exclamó: "Por Dios, sigue, sigue, eso es lo más importante, no quiero molestarte. El banco puede esperar".»

Estas cosas le contaba Carmen a Adolfo, los dos tendidos en la cubierta de un yate que navegaba por aguas de Mallorca. «En medio de mi penuria, alguien que no hace falta que te diga quién es me mandó que fuera a hablar contigo, entonces para mí un desconocido, un tal Adolfo Suárez, recién nombrado director general de Televisión. Me aseguró que me recibirías de buen grado porque ya estabas avisado desde las alturas. De aquella primera entrevista salí escandalizada. Tu despacho absolutamente rancio contrastaba con la exquisitez de las estancias de la Sociedad de Estudios, perfumadas con lomos de cuero de libros esenciales. Alguien desde muy arriba insistió que eras su hombre, aunque parecías un fascista, y debía aceptar ser tu secretaria porque tenías un gran porvenir político. Qué horror. Pero necesitaba dinero. Fui a consultar con Zubiri. Me dijo que si no comía, me acabaría muriendo de hambre. Claudiqué. Regresé a tu despacho. Te dije: "Si me obligas a hacer algo que no me guste, me iré". Fuiste muy amable.

Sólo querías que pusiera cierto orden en tu agenda, en tu mesa, en aquel despacho que parecía una leonera.»

Muy bajos volaban los cormoranes en dirección a Andraitx y por encima de la borda llegaba una brisa salada. Carmen sentía que aquel mar le pertenecía por derecho de herencia. Lo había navegado muchas veces en la memoria desde niña. Con el tiempo tendría una casa propia en Menorca, su última morada, de donde regresó a Madrid cuando ya estaba herida de muerte. Pero éste era todavía un verano de juventud, una época radiante. Suárez acababa de ser nombrado presidente del Gobierno y navegaba junto a la mujer rubia impulsado por la fortuna.

*Sólo la muerte vive todavía como memoria de aquella época.*

La muerte acababa de entrar en la memoria de Suárez colgada de todos los árboles del bosque. Unas veces era Lola Flores la que agonizaba; otras era Pasionaria; otras su propia mujer Amparo Illana o su hija Mariam. La muerte siempre eran mujeres. Carmen Díez de Rivera seguía expirando en la niebla del bosque como la Ofelia de un cuadro del prerrafaelista Millais, la cabellera rubia a lo largo de la corriente y los ojos abiertos bajo el agua de aquel río que discurría por su memoria.

«Los aristócratas en España han tenido costumbre de tratarse con los flamencos; en cambio, a mí me excitaban más los rojos —decía Carmen Díez de Rivera—. Mi familia era poco de flamencos y cantaores, de esa gente que adora sobre todo el jamón de pata negra y se rinde ante cualquier señorito que en ese momento exhiba la loncha más gorda en lo alto de la mano. El hueso de un pernil era el asta de la bandera española. Franco mantuvo el pernil en el asta de la bandera cuarenta años. Yo nunca he sido castiza, pero me hubiera gustado ser amiga de Lola Flores, que se pasó la vida luchando a muerte por llegar a ser un gran cadáver popular. Pasionaria fue al final de su vida muy amiga mía, era una mujer que en los altares había suplantado a la Dolorosa, una Virgen ibérica, patrona de los obreros. A mi manera yo también he sido la niña de fuego en brazos de otro Manolo Caracol, ya sabes, el rey del cante; he roto con todos los tabúes de mi clase. Un día fui a Los Canasteros a ver a Lola, con Paco Umbral y el padre Llanos, los tres formamos un trío de amistad que llamábamos la trilateral».

En Los Canasteros a veces se producía un espectáculo muy excitante. En los entreactos, desde las mesas el público oía los golpes y las blasfemias que llegaban de la parte de atrás del escenario. En alguna ocasión, el espectáculo tuvo que suspenderse, decían algunos. Siempre por lo mismo. La mujer y los hijos de Manolo Caracol se negaban a trabajar con aquella fiera que se había apoderado del corazón del emperador y había roto con sus muslos la regla de los gitanos. En los camerinos, se establecía un tumulto de gritos y bofetadas. De pronto, se hacía el silencio. La escena se iluminaba y entonces aparecía la niña de fuego enroscándose en el vientre del duro amante, y éste la cubría con voz de aguardiente. Manolo Caracol cantaba tan bien que, al oírlo, los perros ladraban desde el fondo de los tiempos.

Lola Flores le recordaba a Suárez su juventud en Ávila. El sonido esfumado de aquella radio Telefunken llegaba hasta los patios de luz, donde había calzoncillos y bragas tendidos go-

teando la castidad, y en el aire vagaba la canción
de *La Zarzamora* mientras la posguerra se extendía por toda la miseria. «Ay, pena, penita, pena»,
cantaba la criada, y la casa olía a coliflor reveni-
da a merced del frío polar de la década de 1950,
que era toda ella una cuaresma morada.

Adolfo Suárez había enamorado a Ampa-
ro Illana, hija de un militar. La llevaba a pasear a
la sombra de las murallas, pero entonces este
joven de Acción Católica creía que Dolores la
Pasionaria era la encarnación del mal, una loba
sanguinaria. Mientras la pasión de Lola Flores in-
ventaba su propia libertad cada día, la caspa del
franquismo se desarrollaba a su alrededor, pero
no de forma distinta a como ha sido usada cualquier Virgen macarena. Eran tiempos duros. En
el bosque lácteo se sucedían procesiones con
mojamas de santos contra la sequía, la gente de-
voraba como un sacramento la carne del toro
que había matado a Manolete, colgaban de los
alcornoques los perros ahorcados, los fusilados
en la guerra sacaban los brazos en las cunetas, en
los barrancos, en las campas, y algunos turistas
extranjeros pensaban que aquellos brazos eran
sarmientos de una vid. ¿Por qué adoraba el pueblo a aquella flamenca? Franco la admiraba.
Suárez la amaba. La mujer y la muerte. Cada
una por distintos senderos del bosque llegó a la
inmortalidad, Lola arrastrando a sus amantes y
a su tribu de gitanos, Dolores la Pasionaria tirando de los cuernos de una manada de toros ibé-

ricos. La Faraona dobló la esquina del franquismo y triunfó sobre los árabes de Marbella y los ricachones de La Moraleja. Era una anarquista analfabeta que quería ser marquesa porque sabía que para eso no se necesita saber leer ni escribir, pero le dieron el lazo de Isabel la Católica y desde entonces sólo aspiró a fabricar un gran cadáver de sí misma para el día de mañana. Lo fabricó a conciencia. Y fue aclamada hasta la tumba. Cuando ya tenía sesenta años bien cumplidos, Lola Flores sufrió el martirio de Santa Inés para seguir siendo ella misma. Se dejó cortar los pechos por un fotógrafo y éstos fueron exhibidos en la portada de la revista *Interviú* de forma vaporosa cuando el cáncer ya había comenzado a trabajarlos por dentro. El mismo cáncer de Amparo, el mismo de Sonsoles, el mismo cáncer de mama de Carmen. Toda España se convirtió en un gran seno de mujer malherido. La carne de Lola Flores entraba por todas las ventanas, pero ella sólo lo hizo para seguir amamantando a sus hijos, a su marido, a sus amantes, sin dejar por eso de dar zapatazos con rabia o temperamento.

Adolfo Suárez le estaba muy agradecido. Por eso se condolía de su muerte. Cuando era gobernador de Segovia tuvo que preparar la fiesta que los artistas daban a Franco en los jardines de La Granja el 18 de Julio. Aquella vez actuaba la Faraona en presencia del dictador. Después del espectáculo, antes de que Franco partiera desde allí mismo para Galicia a pescar cachalotes, durante una breve y protocolaria recepción Suárez se atrevió a formularle una queja al caudillo. Cuando le tocó hablar, dijo: «Excelencia, los segovianos se sienten españoles de segunda clase». «¿De veras? Venga usted a verme al Pardo y explíqueme eso.» Aquella audiencia privada, que se realizó meses después, valía oro en medio de aquellos jerarcas anquilosados y Suárez supo explotarla como una inagotable fuente de guiños y sobreentendidos de quien acababa de besar al santo.

Un cadáver con mantilla blanca, el féretro de nogal, los pies desnudos para subir a ese podio, después de realizar una larga carrera. La muerte bailó por bulerías durante veintitrés años dentro de sus propios talones. Fue un mes de mayo de 1995. Lola había entrado en la muerte. En 1989 murió la dolorosa Pasionaria. Los fastos del 92 habían comenzado a prepararse unos años antes en medio de una euforia económica que coincidió con el socialismo rampante en el poder. Desde las instituciones se había derramado el cuerno de la abundancia sobre cualquier proyecto que sirviera para exaltar el hecho de que este país se estaba saliendo del cazo. Y todo se hizo disparando innumerables cañonazos de mil millones alegremente mientras la oposición del Partido Popular, que ya había partido la ceja del Gobierno socialista, comenzó a darle golpes más abajo del hígado. ¡Váyase, señor González! En el silencio del AVE se oían las primeras conversaciones de los ejecutivos con el móvil, realizadas en voz alta con todo impudor, de modo que todo el vagón quedaba enterado de las quiebras y de los negocios redondos en dinero negro que estaban sucediendo. Murió Lola, había muerto Pasionaria, iba a morir Carmen la corza de ojos rasgados azul piedra, estaba herida ya de muerte Amparo Illana y su hija Mariam. Desde que Amparo Illana cayó enferma hasta que se fue, Adolfo no se separó de su lado. Aun con la memoria perdida, nunca olvidaba que tenía un papel en el bolsillo que era como un secreto de Estado o mucho más, aunque lo enseñaba a todo el mundo. Adolfo mostraba con orgullo ese papel a Carmen, a Carrillo, a Gutiérrez Mellado, a cualquier político que fuera a verle a su casa, lo enseñaba a todo el que se cruzaba con él en mitad del bosque lácteo. Todo era despilfarro y muerte. No se podía distinguir quién de las dos se movía realmente, si Lola o la Muerte, a qué se debía el redoblado furor de sus puntapiés contra la tarima, si a la gracia o al espanto que sentía al ver la muerte tan junta. Mientras Pasionaria llegaba del frío y Carmen estaba en África ayudando a los negros, Lola había pasado de los brazos de Caracol, de quien aprendió ya a morir siendo todavía una niña caliente, a los brazos de la muerte, que le enseñó a vivir cada día. El baile que mantuvo con la muerte fue muy largo, lo más profundo que ella pudo exhibir. ¿Dónde estaba el misterio de esta mujer? Entonces los progresistas ignoraban que era una loba del Sur absolutamente libre. Su vida estaba por encima de su arte, y lo suplía con salidas y desplantes que en este país tanto gustan a los señoritos, a los gobernadores civiles, a los curas, a los picadores, a los militares chusqueros. Lola Flores se movía, y Franco iba bajo palio. Los marines de la Sexta Flota reventaban los precios de los prostíbulos de los puertos, volvían los embajadores, Lorenzo González cantaba *Cabaretera,* las cartillas de racionamiento se suprimían, Ava Gardner podía acostarse, si le daba por ahí, con el último que la acompañaba a la salida del flamenco del Corral de la Morería al hotel Castellana Hilton, donde vivía. Eso hicieron una madrugada Paco Rabal y Fernando Fernán Gómez. Probaron suerte. Sabiéndola borracha la siguieron hasta el hotel, entraron en el vestíbulo muy encelados cuando en ese momento bajaba el ascensorista, quien les dijo: «Les advierto que no es para tanto. No es nada del otro mundo». El general Millán-Astray, el descuartizado, mandaba acordonar toda una manzana cuando iba a visitar a su querida, la misma manzana de la calle Montera donde el amo de Marbella se tiraría a las ruedas del coche de otro general, éste del Opus, que llevaba a una puta de Chicote a almorzar. Lola Flores se separaba de Manolo Caracol y la vida seguía. De la autarquía al Biscúter. Los españoles emigraban. Los estudiantes se rebelaban, saltaban por las ventanas de la facultad de Económicas, llovían tazas de retrete sobre los guardias a caballo. Lola

Flores seguía cantando, y algunos intelectuales idiotas comenzaron a considerarla un fenómeno sociológico cuando en este país florecían las barbas de los hippies y Mick Jagger de los Rolling se había instalado un guante de boxeo en la entrepierna a modo de genitales de quita y pon.

Cuando Lola Flores desarrolló un cáncer de mama comenzó a bailar con la hondura que le faltaba, y ella ya no tuvo amante más fiel que esa Dama que la había seguido desde 1972, durante veintitrés años, hasta que la poseyó un día de mayo. Fue un baile muy largo, lleno de desgarro, que atravesó toda la democracia. Al final, resultó ser un magnífico cadáver paseado entre lágrimas por las calles de Madrid. ¿Cáncer de mama? Carmen Díez de Rivera había sido operada de cáncer de mama el 19 de marzo de 1997, nada, un T1 de 0,9 centímetros, controlado, cogido a tiempo, según los médicos. Unos meses después, en una revisión rutinaria, en Bruselas, se le detectó una metástasis en el peritoneo, en la zona donde diez años atrás le fue extraído un ovario cuando se enteró de que el amor de su vida con el que iba a casarse era su hermanastro. Desde ese instante su útero fue su propio féretro. Comenzó entonces el martirio de la beata Carmen, el flagelo radiactivo, el veneno de la quimioterapia. «No quiero morir.» Pese a su coraje, el mal se iba extendiendo hasta ocupar el hígado y los pulmones. El dolor la hizo volver a Dios. Había muerto su madre por la complicación de una caída en el cuarto de baño, aquella hembra postinera del Madrid de Pepe Blanco el del cocidito madrileño, también se había ido su padre Llanzol, pero su progenitor genuino, Serrano Suñer, aún vivía y tenía noventa y seis años. Alguien tuvo que darle la noticia. «Pobre Carmencita, entre todos mis hijos era la que más se parecía a mí», dijo al enterarse de que había muerto. Fue el 29 de noviembre de 1999. Su tía, la reverenda madre Soledad de Jesús Izaguirre y Díez de Rivera, la priora del convento de las carmelitas descalzas de Arenas de San Pedro, que la había cobijado durante los días aciagos, dijo: «Desde el cielo, donde Carmen está ahora, y es feliz, ella lo ve todo, según Dios». El 29 de cada mes las dieciséis monjas que componen la comunidad mandan decir una misa por su alma. Por un permiso especial del obispo de Ávila, su cuerpo está enterrado bajo un olivo en el huerto del convento. En sus raíces está el cadáver de Carmen alimentando sus frutos, el aceite del color de aquellos ojos.

Uno detrás de otro, Adolfo Suárez veía pasar todos los féretros. Recordaba a Carmen cuando le decía: «Traigo un mensaje para ti: "Dile que se atreva a legalizar al Partido Comunista"». Oía cantar *La Zarzamora* y después enjugaba las lágrimas de su mujer Amparo Illana cuando tuvo que aprobar la Ley del Divorcio siendo presidente del Gobierno.

En el entierro de la madre ibérica, Dolores Ibárruri, diosa de luto, un gran cadáver de noviembre, en Madrid no había milicianos ni barricadas sino una batalla de nubes, aunque la tarde se puso muy dulce en su honor después del aguacero. Fue acompañada a la tumba por gente muy curtida, campesinos cuyo rostro ha labrado la vida, obreros de antigua crin que lloraban y otros hijos de la escarcha. El féretro, tan austero como la verdad, iba cubierto con la bandera roja, atravesando una plantación de flores y puños por la bajada de Génova hacia la plaza de Colón, y desde los balcones de algunos bancos acorazados muchos financieros, habiendo interrumpido por un momento el consejo de administración, lo contemplaron con cierta curiosidad no exenta de respeto, con una copa en la mano y el pensamiento en Brunete. Lejos del cortejo se oía un clamor de bocinas airadas que estaban fuera de la Historia. ¡No hay derecho a que corten el tráfico! ¿Qué pasa? ¿Por qué hay semejante atasco? Están enterrando a Pasionaria. Hoy en la ciudad el cadáver de los héroes sólo produce atascos, pero a Pasionaria la llevaba el río hasta más allá del sueño que es la inmortalidad. Esta vez no había travestis tirados en las aceras con el rímel corrido por el llanto, ni plañideras de clase media con el carrito del supermercado, ni carrozas de oro con guarnición de ediles y maceros vestidos de sota, como en el entierro del alcalde Tierno Galván. El duelo de Dolores Ibárruri lo formaba el macizo central de la raza con zamarras de oveja, cazadoras de plásticos y paños rudimentarios que albergaban corazones sencillos. Con lágrimas en los ojos la multitud gritaba: «¡No pasarán!», aquel alarido de resistencia que ya se ha hecho romántico, el cual ahora subía hacia los altos despachos y se perdía por el horizonte de los automóviles atascados, y mientras cada día un pedazo de la Historia se derrumba, el cadáver de Dolores Ibárruri esta tarde pasaba entre tantos escombros como una sombra de nostalgia. Adolfo Suárez vio cruzar el entierro de Pasionaria en medio del bosque lácteo de su memoria. El nombre de aquella madre ibérica iba unido a un acto de valor, en el que tuvo que desarrollar más coraje que en aquel 23 de febrero frente a los golpistas. Fue un Sábado Santo, abril de 1977, cuando se atrevió a cumplir la súplica de Carmen, la de los ojos rasgados, que le decía: «Si no legalizas el Partido Comunista, la democracia no será nada».

*Fragmentos de un diario íntimo*
*escrito en un cuaderno amarillento*
*de tapas verdes con anillas.*

Durante aquella travesía por aguas de Mallorca, mientras la mujer rubia dormitaba tendida en cubierta, Adolfo Suárez bajó al camarote y sin un propósito premeditado descubrió en la maleta abierta de su compañera un cuaderno de tapas verdes con anillas. No pudo resistir la tentación de echarle un vistazo. Parecía un diario íntimo escrito con bolígrafo nervioso. Al ver su nombre garabateado varias veces, con una avidez insaciable lo fue devorando a escondidas en los tres días de escapada que duró la travesía. El diario se refería a los días tormentosos, insomnes, que precedieron a su nombramiento como presidente del Gobierno. Nunca le habló a Carmen de aquella violación de su intimidad. Tampoco Carmen le había insinuado nunca que llevaba un diario íntimo. Los dos guardaron este mutuo secreto, pero Suárez lo recordó por mucho tiempo, aun cuando la mujer rubia ya se había ido de su lado. Ahora caminaba por el bosque lácteo y sus pisadas hacían crepitar las hojas de otoño, hojas color cobre caídas de los robles que formaban un humus donde se hundían los zapatos. Cada pisada despedía cierto vapor vegetal. Aquellas hojas cobrizas o amarillas, todas fermentadas, llegó un momento en que en la memoria perdida de Suárez se confundieron con las hojas de aquel cuaderno de tapas verdes con anillas. Recordaba haberlas leído de forma clandestina mientras fuera del camarote se oían los golpes de mar contra las amuras del barco.

*20 de noviembre de 1975.* Me llama Suárez a las cinco de la madrugada para decirme que Franco ha muerto. Dos días después en las Cortes Juan Carlos es proclamado rey de España. Le temblaban las piernas. El presidente de las Cortes, Darío de Valcárcel, le gastó una putada. Lo proclamó rey y al final de la elocución gritó que lo hacía desde el recuerdo de Franco. Una afrenta. El gesto de Juan Carlos lo decía todo: eres un cabrón. Suárez está nervioso. Sabe que ha empezado para él la cuenta atrás pero sigue sin ser llamado. Parece que ha sido descartado. No figura en el Gobierno. Se le considera demasiado hablador y no demasiado de fiar. Le digo que no se ponga nervioso. Un poco de calma. Que no se le note la ambición ni la duda.

*27 de noviembre.* Juan Carlos, rey en la ceremonia de su consagración. Iglesia de los Jerónimos. Allí brilla el cardenal Tarancón con una homilía digna de un Tomás Moro. Le advierte de que tiene que ser rey de todos los españoles. Al final de cada párrafo le mira muy serio por encima de la montura de las gafas. Este clérigo había demostrado que tenía los redaños bien puestos. Después del entierro y los funerales de Carrero Blanco, cuando tuvo que huir en coche, protegido por la policía, perseguido por vociferantes reaccionarios que querían llevarlo al paredón, pasó por mi lado y a través de la ventanilla vi que se estaba fumando un puro. Un día le plantó cara al mismo Franco y a Arias Navarro y les amenazó con excomulgarlos si mandaban al exilio al obispo navarro Añoveros, por una homilía contestataria. Tuvo la excomunión guardada en el bolsillo durante tres días, como un jugador de póquer dispuesto a envidar el resto. Franco excomulgado, qué gracioso final. Al infierno bajo palio. La homilía de la consagración del rey llegó a emocionarme. Algunos creen que el cardenal Tarancón es un político florentino que se mueve bien por el laberinto sutil de las altas sacristías o por los pasillos vaticanos. Creo que hay una explicación más sencilla. La vida ha llevado a Tarancón al centro de la borrasca política. No tiene ninguna doctrina especial, sino las hormonas en su sitio. Se limita a aportar a esta locura el sentido común de una tierra, una democracia de Tribunal de las Aguas. Todo se puede hablar. Nada es del todo bueno ni malo. La vida hay que vivirla. Después del invierno viene la primavera, y si mucho le apuran incluso llega el verano. Dios es un elemento natural y el resto queda en papeles. ¿Dónde tiene uno que firmar? Yo veo al cardenal Tarancón liándose un cigarrillo de pi-

cadura selecta, sentado entre naranjos, con la sotana arremangada y el alzacuello desabrochado,
mientras las libélulas zumban en un huerto del
Mediterráneo. Basta con levantar la mano para
tocar los pies del Creador.

*13 de diciembre.* Por fin tenemos una
buena nueva. Las aguas comienzan a moverse
por debajo. Adolfo ha sido nombrado ministro
secretario general del Movimiento. Me lleva
con él, ante las suspicacias que levanta mi situa-
ción. Pero hay otras noticias de Zarzuela que
me inquietan. La reina se ha ido a la India.
Inesperadamente. Como un arrebato. Sus mo-
tivos tendrá. Contra todo protocolo, se ha llevado consigo a sus tres hijos, incluido al heredero. Se dice que ha ido a ver a su madre la reina
Federica, que está recibiendo doctrina de un
maestro venerable de Calcuta. Juan Carlos haría bien en no humillarla y tener más cuidado
con sus líos de faldas. Anda disparado. A estos
Borbones no hay quien los pare. Aquí te pillo,
aquí te mato. Parece que no saben hacer otra
cosa.

*25 enero de 1976.* Kissinger se ha dado
una vuelta por Madrid para olfatear de cerca el
cotarro. En teoría ha venido a firmar un Tratado
de Amistad Hispano-Norteamericana con el ministro Areilza, pero en realidad ha llegado como
el propietario de esta pequeña finca del imperio a

comprobar qué diablos va a hacer el nuevo capa-
taz. Ha aconsejado a Juan Carlos que vaya con
cuidado para consolidar poco a poco la corona,
que es lo más importante. Hay que ir a ritmo
lento. Tiene mucho miedo a los comunistas. Kissinger invita a Juan Carlos a Washington para
presentarlo en sociedad ante el Congreso en el
Capitolio. Es la verdadera consagración. Mucho
más importante que la que recibió en la iglesia de
los Jerónimos. Espero que apruebe con nota el
examen.

*Febrero.* Todo sigue pareciendo una far-
sa. El viaje del rey a Cataluña y las palabras pro-
nunciadas en catalán preocupan al Gobierno,
sobre todo a Arias Navarro. Resultó un éxito.
Suárez va haciendo su labor como ministro secretario general del Movimiento, aunque los
ministros del Gobierno Areilza y Fraga lo miran
de reojo con menosprecio. Todo sigue con una
lentitud exasperante. Yo me estoy hartando de
que todos los hombres busquen lo mismo. Todos quieren llevarme a la cama. Esta vez ha sido
un político alemán. Me desnudaba con los ojos.

*Primera semana de abril.* Juan Carlos
piensa en la posibilidad de que Suárez sea presidente. Le preocupa que haya sido vicesecretario
general del Movimiento con Franco, incluso que
se hubiera puesto la camisa azul y su ministerio
actual. Duda. Es obvio que Torcuato anda con

ese tema. Suárez, Osorio y yo cenamos con el director general de la BBC Sir Charles Curran, con quien yo había pactado la información.

*4 de junio.* Viaje de Juan Carlos a Washington. Todo un éxito. Eran las dos menos cuarto hora española. Juan Carlos estaba contento con los resultados positivos del viaje. Una vez más y aprovechando la euforia, le aconsejé que había que legalizar el PCE. Además, allí se lo habían preguntado y se había hecho el sordo.

*8 de junio.* Juan Carlos sigue elogiando a la oposición. A Felipe González. Y a Tierno Galván. Sigue con aversión al PCE. Torres más altas han caído. Le he prometido que le voy a presentar a gente conocida, a intelectuales, escritores, artistas y todo eso. Que no le pase como a su abuelo Alfonso XIII. Cuando Ignacio Luca de Tena le quiso presentar a Unamuno, el Rey le dijo que entrara en palacio de noche embozado por la puerta del Moro. Pero Unamuno dijo: «Ya es tarde para conocer a ese señor».

*9 de junio.* Espléndido discurso de Suárez sobre la Ley de Reforma Política. Lo ha dicho todo con palabras ambiguas, de doble sentido, un ejercicio de maestría ambivalente. Con ese discurso ante las Cortes los procuradores pueden hacer encaje de bolillos o suicidarse.

*10 de junio*. Le digo a Juan Carlos que felicite a Suárez por su discurso. Tiene que alabarle su cintura.

*11 de junio*. Suárez me concede un lazo. Yo no lo quiero. Juan Carlos le ha dicho que había que condecorarme. No lo quiero. Las declaraciones de don Juan han estado muy bien. Al fin el discurso de Suárez sobre los partidos políticos ha quedado muy bien. Llevaba unos días cabreadísima con él. Entiende Juan Carlos que es un todoterreno, ya que se adapta a todas las circunstancias. Sugerí la peligrosidad de ello. Corren tiempos en que hay que decidirse a marcar un territorio.

*13 de junio*. Me llama varias veces el rey. Necesita un secretario de prensa urgentemente. A las ocho y cuarto de la noche me habla de la crisis. Suárez candidato y me explica cómo... No me atrevo a comunicárselo a Suárez. Se pondría demasiado nervioso.

*17 de junio*. Juan Carlos anda dándole vueltas a la pelota. Con el tema del número uno. No sabe qué hacer. El general Alfonso Armada le dice que si nombra a alguien capaz y muy brillante, le quitará imagen. Fraga le propone para Información y Turismo a Aparicio o Quílez o «a un tal Suárez o así». Vaya con Fraga. Es la leche el tío ese. Le propongo de momento para TV a alguien de la oposición moderada. Le hablo de la necesidad de nombrar a alguien en Medio Ambiente y también de nuestro hombre, el de Cebreros.

*18 de junio. I'm a man after all before being what I am. I simply adore you...* Vaya parejita. Si no fuera por... ¡Qué indignación! No para. Alguien ha comentado que soy muy guapa, pero que no tengo efluvios eróticos. ¿Habrá sido Zubiri? ¿Qué significa no tener esos efluvios, que no soy una quedona? Se ha llegado a decir que soy lesbiana. Esas maldades que se sueltan guiñando el ojo.

*21 de junio.* «Nadie me da calabazas como tú me das.» De eso estoy segura. Siento obsesión por hablarle al rey del país real. Ni él ni su madre han convencido a don Juan, que anda como si lo hubieran traicionado. Responsabiliza al gordito Sainz Rodríguez. Nunca he conocido a un hombre más inteligente y más malvado.

*22 de junio.* Sigue muy cavernícola. Fraga no ayuda. Si tuviese a su lado a un presidente que le explicara y le ayudara democráticamente. Al paso que vamos, esto va a ser la ruptura de los cavernícolas. Miedo a Marx. Al Ejército. Al PCE. Tengo que seguir machacando. No se dan cuenta de que estos comunistas son unos santos laicos.

*24 de junio.* San Juan. Creo que ya está hecho que el señorito sea director de orquesta. La sorpresa va a ser brutal. Besamanos en palacio. Gente de toda clase. Esta fiesta comienza a ser hortera.

*25 de junio.* Llama Suárez nervioso, con su dirección de orquesta. Le digo que se tranquilice, no vaya a meter la pata. Un rumor sería suficiente para anularle. La ambición nunca debe notarse en el primer peldaño. Le digo que un ambicioso debe enseñar sus cartas cuando ya tiene inmovilizados a sus adversarios.

*29 de junio.* Acabo de llegar de darme un baño en el Mediterráneo. Es el mar de mis ancestros. Ayer llamó dos veces Juan Carlos para decirme que el día D era mañana. He recibido la noticia al salir del agua, envuelta en una toalla.

*30 de junio.* De nuevo el rey duda. Le angustia lo de Arias Snoopy, en nuestro argot. A la una menos veinte de la madrugada me llama el rey para decirme que será mañana a la una y cuarto. No sabe bien cómo pedirle la dimisión a Arias Navarro. Lleva tres días angustiado. Hablamos de las posibles reacciones. Volverá y llamará despechado. Venderá el favor al que crea su sucesor o lo tomará a bien. En ese caso el rey lo convidaría a comer.

*1 de julio.* Día D. Juan Carlos decide pedirle la dimisión a Arias, que tenía su puesto asegurado hasta enero del 79. El camino está abierto para que Suárez, el joven fascista que me dio trabajo años antes, sea nombrado presidente del Gobierno.

*2 de julio.* Día siguiente a la dimisión de Arias. Me llama el rey. Juan Carlos está eufórico. Incluye a Suárez. Insisto en que hay que hacer la reforma en serio. Es tremendamente conservador. Me pregunto si el hecho de que Suárez fuera vicesecretario general con Franco y ministro secretario general ahora puede dar mala imagen. Le digo que, desde luego, pésima, pero... No traga a Fraga. Suárez está nervioso. En su euforia sólo piensa en algunos retoques. Así no vamos a ningún sitio. Tanto él como don Juan desconfían de Areilza.

*3 de julio.* Ayer desde las doce y media estuve con Suárez. Estaba nervioso y sereno. «¿Y si al final no...? ¿Y si ha cambiado de idea?» «Que no, tranquilo.» Llaman los periodistas por teléfono. Contesto yo sin identificarme. Rumores y más rumores. Más nerviosismo por parte de Suárez. Areilza encolerizado. Se terminó el champán. Cogí yo el teléfono de la esperada llamada. «Señor...» Recibí la noticia. Le dije a Suárez: «Usa el 127. No vayas a palacio en el Mercedes blanco que te ha conseguido Graullera». Me dice que le espere. Le digo que no porque en cuanto corra la noticia estarán luego todos los medios en su piso de Puerta de Hierro y yo entiendo que no debo estar allí. Refunfuña pero acepta. Me despido del portero. Cuando regresa me llama por teléfono y reconoce que tenía razón en haberme ido. Me da las gracias. Adolfo Suárez no se creía el sueño que estaba soñando. Ahí está esa foto en la que se le ve dentro del coche, a la salida del palacio de la Zarzuela, aquel 3 de julio de 1976, mordiéndose el labio por la sorpresa, convertido en presidente del Gobierno. Cuando le mostraron esa foto que publicaron todos los periódicos en primera página, Suárez creía que se había hecho célebre porque había acertado un boleto de catorce resultados, para él solo, como un tal Gabino, el de las quinielas, que también era igual de famoso.

*4 de julio.* Juan Carlos feliz. Optimista con deseos de construir el país. Luego llamó la reina. Como siempre, amiga e inteligente. Ella decía que Suárez era como aire fresco. Confiaba en que no cambiase con el poder.

*5 de julio.* Aunque Suárez no sea un demócrata, lo hará. Insisto ante Juan Carlos en que el mejor antídoto es el de hacer la reforma, de acelerar, de entrar en contacto con toda la oposición. Llamó don Juan para informarse. Está sumamente dolido.

*10 de julio.* Insisto y reitero que no hay tiempo que perder. Hay que devolver la voz al pueblo cuanto antes. Me enfado con Suárez. Aquí se ofrece todo el mundo para ser ministro. Celos. Vaya país.

*12 de julio.* Vuelvo a insistir con Juan Carlos que hay que conceder la amnistía y legalizar el PCE. Más permeable. Teme la reacción del Ejército. Hablo con Suárez. Hay que coordinarse. Me llama Zubiri, estimula esa llamada en medio de tanto jaleo. Entro en el despacho de la Presidencia del Gobierno, en Castellana, 3. La impresión es estremecedora. Pobre país. Pobre rey. Qué horror. Hay una ausencia total de profesionalización. Tiene aspecto de opereta de barrio. Al verlo se entiende la miseria humana de Franco.

*Agosto de 1976.* Anónimos. Junto a una foto de un negro con un sexo enorme. *Has ido a África a chupársela.* Cuánto enfermo, cuánta maldad. Si ahora a los treinta y tres años no hubiera situado esas cosas en su sitio, en este momento estaría esquizofrénica. Para esta gente todo es una cuestión sexual. Me elogian en la *Hoja del Lunes.* Alta, esbelta como un junco, con extraños ojos rasgados, plateados, que arrojan cataratas de luz. Así es el nuevo jefe del gabinete del presidente del Gobierno, Carmen Díez de Rivera Icaza. *Carmen for president.* Treinta y tres años, aristócrata, licenciada en Ciencias Políticas.

*10 de agosto.* Suárez y Felipe se caen de cine. No me extraña. Son muy parecidos.

Adolfo Suárez caminaba por el bosque lácteo y debajo de cada helecho había un cuaderno escrito cuyas hojas el tiempo había podrido. Al pisarlas levantaban un vapor fermentado que no podía distinguirse de la memoria perdida.

*Cuando el Congreso de los Diputados era una algarabía de palabras producida por unas figuras de cera.*

Adolfo Suárez recordaba turbiamente que Fraga, en la tribuna del Congreso, citaba a Bodino y a Montesquieu y él, desde la cabecera del banco azul, le atendía como un alumno de Derecho Político que desea aprender cosas tan lindas, pero a veces tenía una sensación extraña. Las palabras de aquel profesor salían a borbotones de su boca acompañadas de aullidos de lobo y se extasiaban en el aire evanescente del recinto dorado. Fraga se comportaba como un bodeguero eufórico. Hincaba los zapatones en la tarima, echaba un regüeldo con sabor a codillo, expulsaba una nube de azufre por la nariz y se veía a simple vista que las ideas ya le empujaban las cejas entre el rumor de su masa encefálica y el borbotón de palabras mordidas por la mitad comenzaba a manar de su boca. Fraga utilizaba un cabreo perenne para crear a su alrededor un clima de pesimismo triunfal. «A este hombre le sobran exactamente dos litros de sangre —piensa Suárez desde la cabecera del banco azul—. Si le aplicaran sanguijuelas en la pantorrilla para rebajarle la sacudida del pulso, que le estalla en las sienes, tal vez se volvería pálido como un hereje y comenzaría a dudar».

Desde la tribuna del Congreso Fraga apuntaba con el dedo a Suárez y le gritaba: «Oiga, joven, yo nunca he dudado de nada. Desde mi primera juventud estoy escalando con grandes resoplidos la ley de la gravedad contra la historia, aunque éste es un momento estelar en mi biografía. Corren malos tiempos. Sólo yo sé qué es la patria. Usted la ha traicionado. Es usted un analfabeto. Yo he leído diez mil libros. El Estado me cabe en la cabeza. En mi juventud me sabía de memoria el listín de teléfonos y estaba a los pies de aquella estatua de mármol, que es España, con un obcecado furor por ser el primero en todo. No había tribunal que se me resistiera. Entré con la fuerza de un estibador en los volúmenes de la biblioteca y me los zampaba con cuchara, de tres en tres, como hago ahora con las fabadas. En cambio, usted, Suárez, nunca ha leído un libro. Ni siquiera ha leído las solapas del fascículo titulado: *Cómo hacerse demócrata en diez días*».

Pese a sus ladridos, a Fraga le había dado un barniz liberal la extrema derecha, los Guerrilleros de Cristo Rey que iban rompiendo escaparates de librerías progresistas y de galerías de arte donde se exponían grabados de Picasso. De hecho, en el hemiciclo del Congreso a veces se veía cruzar en vuelo rasante a Blas Piñar, a media altura como Superman, el brazo extendido de frente, el traje de caucho bien ceñido a las partes viriles, con una ese de fuego en el pecho, la ceja arqueada por la ira y el mentón aproado, cortando el aire.

Los diputados estaban acostumbrados a estos trucos de especialista. Cuando Blas Piñar pasaba por el cielo del hemiciclo, seguido por una ráfaga luminosa de cohete borracho, los diputados no levantaban la vista del crucigrama y Suárez aprovechaba el número para ir al lavabo. Al final de la legislatura, al ver que esos alardes no servían de nada, Blas Piñar llegaba al Congreso hecho un caballero cristiano, masajeado con Aqua Velva, y todas sus bravatas terminaban tomándose un pincho de tortilla en el bar. La democracia siempre acaba por amansar a los héroes.

Los idiotas creen todavía que Fraga había domado a la extrema derecha y la había introducido en el juego de la democracia. Fue al revés, pensaba Suárez. «Hubiera podido driblarle cien veces sólo con la cintura, era muy torpón, pero al final me ganó la partida. Fraga me expulsó del sistema y cortó el queso de la derecha española por la mitad con Franco dentro y la inoculó de autocracia y de rencor africanista donde no hay adversarios, sino amigos o enemigos, sin término medio; al amigo se le regala una barrica de leche de camella y al enemigo se le pega una patada en la barriga. Eso es todo.»

Por otro lado, cuando Carrillo subía a la tribuna del Congreso, Suárez ensayaba media sonrisa interior al recordar ciertos sucesos que lo habían hecho feliz. Ahora eran amigos, después de haberle tenido tanto miedo. Un día Carrillo se quitó la peluca y se apareció a los suyos, como hizo el Nazareno con los discípulos de Emaús después de la resurrección. Los periodistas elegidos para presenciar el milagro fueron llegando uno a uno en secreto a un piso de la calle Alameda, en Madrid. Estaban todos sentados en una sala, como en un pequeño teatro, y llegado el momento se abrió la cortina y detrás, en una hornacina, apareció Santiago Carrillo sin peluca. Flanqueado por dos cirios en lo alto del altar, aquel genio burlón se presentaba con la traza de un viejo pícaro, con el ojito estallado en los lentes, la napia carnosa, el rostro macerado por los golpes de la vida y un cigarrillo en la mano. La concurrencia produjo un rumor de asombro. ¡¡¡Oooohhh, Carrillo en carne mortal!!! Era la primera vez que Carrillo se mostraba a la intemperie desafiando la clandestinidad.

Después hubo un pacto. Carrillo se puso en suerte y dos funcionarios de la Brigada Social un día le levantaron respetuosamente la peluca en un paso de cebra. Se entregó como un corderito y fue encarcelado en el dorado aprisco de Carabanchel, donde los rojos se daban de bofetadas en la puerta por entrar para que les sellaran el certificado, que harían valer el día de mañana. Esa misma noche todas las paredes de Madrid aparecieron empapeladas con pasquines pidiendo la libertad para Carrillo. Los enanitos estaban cantando *La Internacional* bajo el asfalto y un sembrado de puños enterrados, que eran las semillas del nuevo mundo, asomaba por todos los desagües. Después de cumplir el trámite de la cárcel, en el zaguán de Carabanchel, a Carrillo un cabo primero le estampilló la nalga con el sello de ciudadano corriente. Ya podía ir por la calle, aunque tampoco era muy normal circular con aquel viejo cochazo, que le había regalado Ceaucescu, como de gánster de Chicago años treinta, al que sólo le faltaba un botijo en la baca para ser confundido con el de un torero antiguo, apoderado por Camará, camino de la plaza de Las Ventas. Conocer personalmente a Carrillo y darle la mano se convirtió en un rito de salón. Las bayaderas comunistas le untaban el calcañar con aceite perfumado y se lo secaban luego con la rama ardiente de su cabellera. Iba custodiado por unos tipos que lucían un queso de bola en cada bíceps y nadie en el Comité Central era digno de desatarle la correa del zapato.

Un día Carmen Díez de Rivera se puso guapa, adornó su cuerpo con gasas negras y decidió asistir sin permiso de su jefe a un acto literario en el hotel Ritz de Barcelona, donde sabía que iba a estar Carrillo. Carmen hizo lo necesario para cruzarse con él en medio del salón abarrotado de invitados, escritores, artistas, financieros y políticos. Carmen y Santiago se dieron la mano. «Encantado de conocerla, tengo muy buenas referencias de usted, dígale a Suárez que deseo verle.» «Se lo diré. Para mí ha sido un placer saludarle. Soy una admiradora.» «Gracias. Podríamos vernos un día con más tranquilidad.

Bueno, podríamos tomarnos un chinchón a medias. Aquí hay demasiada gente.» Mientras se producía este cruce formal de palabras, cincuenta cámaras disparaban sus flashes de magnesio. Suárez había tomado aquel contacto imprevisto como una traición, pero después pensó si no sería, tal vez, un movimiento de alfil que se manejaba desde Zarzuela. Nunca sabía qué tramaba la mujer rubia ni quién movía los hilos. La CIA o la KGB. O simplemente su capricho.

Carrillo se presentó en sociedad durante el entierro de los abogados asesinados en la calle de Atocha, en enero de 1977, en medio del silencio de una plantación de flores y puños que estremeció la rabadilla del último demócrata. Aquella estética de martirio acabó por sacarle brillo al personaje. Y así hasta que llegó el sábado de gloria, la noche en que se escurren las losas de las tumbas. Dios saltó de la fosa, como lo hace todos los años. Y a esa misma hora, aprovechando la fuerza del muelle, el Partido Comunista quedó legalizado. El miedo había sido vencido. El rey, Suárez y la mujer rubia habían ganado la apuesta a los militares.

Demostrar que el comunista era una persona normal fue considerado entonces por Carrillo como un hecho revolucionario, y el partido se impuso en aquel momento la dura tarea de recobrar su genuina imagen masacrada por cuarenta años de calumnias. El pequeño burgués de tortel dominical después de misa tenía que descubrir que los comunistas también se afeitaban todos los días, sabían ceder el paso en la acera a una embarazada, ayudaban a cruzar la calle a un ciego y se ponían muy contentos cuando les tocaba una botella de sidra o una muñeca para su hija en la tómbola. La gente de arriba no daba crédito a sus ojos. En la primera fiesta en la Casa de Campo que celebró el partido, los espías de la derecha se acercaron allí con espíritu de safari fotográfico para ver las fieras de cerca, todas reunidas.

Miles de comunistas se solazaban en el solar de la Arcadia en torno a una tortilla de patatas bajo la nube de chorizos asados, y los comisionados sólo veían a viejos luchadores olivareros con un garrote de plástico lleno de caramelos y peladillas, a fresadores de Pegaso removiendo con una pala la perola de chocolate. Crepitaban las sardinas a la brasa, unidas al perfume sólido de las chuletas, y obreros muy curtidos soplaban matasuegras, tocaban el pito, llevaban gorritos de romería, caretas y narizotas. Y había gritos de feria, con insignias para el caballero y pegatinas para el nene y la nena. Vistos así, parecían buenas personas.

Desde lo alto del mitin, Carrillo predicaba la santa resignación en mangas de camisa. Hay que amarse los unos a los otros. Orad conmigo, camaradas. La democracia había llegado y los comunistas serían los primeros en defenderla cumpliendo a rajatabla el reglamento burgués. Parecía un chiste malo, pero él hablaba en serio y el pueblo se adensaba todavía alrededor de su líder con un fervor de patio de caballos después de una gran faena. En medio del barullo de la fiesta, uno de sus guardaespaldas fue el primero que se dio cuenta. «Oye, Santiago, acabas de perder el rabo.» Carrillo se palpó la trasera. «Diablos, pues es verdad. O lo he perdido o alguien me lo ha cortado para guardarlo de recuerdo.»

Entonces se produjo en este país un hecho sociológico fundamental, cuando la gente comenzó a comprobar que los héroes también toman café con leche. Ése fue el espectáculo de Carrillo en el bar de las Cortes. Los diputados de la derecha, los muchachos de la Secreta, las señoras de la limpieza y los ujieres, al levantarse la sesión, veían que Carrillo llamaba al camarero y no pedía un solomillo de fascista ni una paletilla de empresario lechal, sino acelgas rehogadas con una tortillita de nada.

Pasar directamente desde el pozo ciego de la clandestinidad a las butacas de terciopelo y que un ujier entorchado, cuando vas a soltar una soflama, te coloque un vaso de agua cristalina con servilleta de encaje junto al folio es un golpe demasiado bajo. Carrillo no lo había resistido. Quedó atrapado entre el miedo a los tambores no tan lejanos y la mórbida evanescencia del ritual parlamentario. Él había realizado un buen servicio a la paz desactivando la carga explosiva de las masas, pero su clientela, unos por arriba, otros por abajo, al final le dejó solo.

Aquella trampa de Suárez había funcionado. Si el Partido Comunista no hubiera sido legalizado un sábado de gloria, hoy medio país sería rojo furioso. Pero ha pasado la moda. Y Carrillo se ha quedado en un genio burlón, rodeado de burócratas. La libertad es bella y venenosa como una amanita faloide. La burguesía le regaló esa seta. Y Carrillo se la tragó.

*El síndrome de Estocolmo se mete como una babosa en la alcoba matrimonial de la Moncloa.*

Cuando la democracia rompió aguas apareció la figura de Felipe González, con la chaqueta de pana al hombro, las patillas largas, fumándose un puro. «Mira, Adolfo, éste es tu adversario —le dijo la mujer rubia—. Fíjate bien en su pinta de macho del sur, con la nariz pellizcada hacia arriba y el morro inflamado, la ceja espesa, el antebrazo peludo, la nobleza en la mirada y esa forma de hablar según la escuela andaluza, que utiliza un tono medio para decir verdades suaves a medias, en la que se entiende todo y no se entiende nada, con una melodía pegadiza de una canción de verano». «¿Qué puedo hacer? También tengo yo la mandíbula cuadrada», exclamó Adolfo. «No puedes hacer nada», le dijo la mujer rubia.

Entonces el socialismo no era más que una palabra, bella de oír, fácil de tragar; era una marca comercial que había prescrito en el registro político mercantil y que había sido registrada de nuevo como un sentimiento difuso de bondad universal en la calle. El rostro de Felipe González sintetizó muy pronto esa pasión colectiva. Y después de algunos meses de mercado ya se podía afirmar sin error que el socialismo era sólo él.

«Fíjate bien, Adolfo. Mientras tú estás rodeado de falangistas reciclados y beatos que tienen la pretina del pantalón a la altura de las tetillas, alrededor de Felipe han comenzado a aglutinarse aquellos muchachos de pana y cine-club, los penenes de barba y jersey de punto gordo, las chicas de poncho peruano, oficinistas rebeldes, funcionarios cabreados, los técnicos que entendían de resistencia de materiales y habían leído a Neruda, mujeres de clase media que lo encuentran guapo, e incluso obreros con frigorífico y lavavajillas, aparte de la nostalgia de cuantos oyeron contar a sus padres la guerra desde el otro bando. La cuestión está en la calle. El primer problema nacional consiste en dilucidar esta alternativa: quién de los dos es más guapo, Felipe o tú.» «Yo gusto a las mujeres todavía —le dijo Adolfo—, las señoras de cincuenta años ven en mí a un tipo simpático, valiente, el primero que se tira a salvar a un niño que se está ahogando. Eso tiene mucho gancho». Carmen, la mujer rubia, le contestó: «Las mujeres ven en Felipe el atractivo de un cortijero asilvestrado. No está como tú, recortado por la línea de puntos. Tienes la batalla perdida». Así estaban las cosas.

En la memoria de Suárez aún quedaban imágenes de otros tiempos iluminadas en medio del bosque lácteo. Se recordaba a sí mismo durante el entreacto de una sesión parlamentaria en el ángulo oscuro del salón de Pasos Perdidos componiendo con Felipe la escena política del sofá, musitándose mutuos amores y cuitas, tú me das un pedazo de ética y yo te doy un trozo de consenso, todo iluminado por los relámpagos de los fotógrafos. Pero eso sucedía en los momentos más bellos, porque el amorío establecido entre los dos galanes estaba sujeto a una corriente alterna con algún chispazo que fundía los plomos. A veces se sonreían como diciendo: somos jóvenes y hermosos, somos los amos del cotarro, este asunto hay que arreglarlo entre amigos, entre nosotros dos, Fraga es un tuercebotas y Carrillo se las da de ladino sin saber que está amaestrado. Pero a la semana siguiente Adolfo y Felipe se miraban como si ambos estuvieran solos en medio de la plaza del poblado, la mano tentando la culata del revólver atentos a cualquier gesto sospechoso, para que todo el mundo pudiera comprobar quién era el más rápido. Era una ficción del Oeste. Hasta que en un receso de la sesión parlamentaria, en el bar del Congreso Adolfo Suárez al pie de la barra ante un café expreso simuló tener una revelación inesperada. Estaba rodeado de periodistas que comentaban el atasco en que habían entrado la reforma política y la incipiente democracia. «Ya lo tengo —exclamó Suárez examinando los posos de café en el fondo de la taza—. Hay que hacer una Constitución». Los posos del café, en este caso, sustituyeron al hígado de las ocas donde los antiguos soldados leían el destino de sus hazañas.

Se hizo la Constitución y pocos años después, una mañana, los españoles se levantaron de la cama y se encontraron de repente con un día histórico. El 28 de octubre de 1982 había sido la fecha señalada desde hacía siglos para que alcanzaran su sueño de oro aquellos chicos que jugaban con la multicopista, leían a Machado, vestían zamarra y bufanda de Barrio Latino, asistían a la matinal de cineclub y llevaban a una novia, con los dedos manchados de bolígrafo, a ver la película *Nueve cartas a Berta*. La mañana era radiante y había un sol románico sobre las hojas de otoño, con todos los ruidos cotidianos: se oyó al tendero levantar el cierre a las nueve, el tintineo de las botellas de leche sonó en el rellano a la hora justa, el chatarrero, que compraba colchones y hierro viejo, pasó con el pollino sorteando los atascos de coches. Los gritos rituales con que se animan las primeras luces se habían producido a su debido tiempo. La calzada estaba llena de papeles con todos los augurios políticos. Fue el día en que, después de mil años, a la derecha española se le cayó la longaniza de la boca. La llevaba entre los dientes desde el tiempo de Recaredo y se la habían arrebatado dos maletillas, que llegaron de Sevilla con el hatillo al hombro, a pie por la cuneta, un abogadillo laboralista y un librero fervoroso de Machado, González y Guerra, esos que la noche de aquel día se asomaron a una ventana del hotel Palace para ser aclamados.

A Felipe González se le veía en el cartel con los ojos soñadores bajo el entrecejo obstinado mirando un horizonte azul. Había sido vendido como un producto moral según las técnicas más sofisticadas del mercado, el hijo de un lechero sevillano convertido ahora en símbolo de honestidad, que había mamado en las reuniones de obreros de Acción Católica, semisecretas, en la sacristía de la catedral de Sevilla. En las paredes de la ciudad había más carteles con la imagen de otros políticos junto a las vallas publicitarias de las multinacionales, nuestras patrias verdaderas. Fraga y la Coca-Cola, Felipe y la Standard Oil, Carrillo y la Philips, Adolfo Suárez y la General Motors. El ciudadano se había puesto a votar. Después de una breve espera, se había metido detrás de unas cortinas de ducha donde había un taburete para pensar, un pupitre para escribir y un estante con las papeletas de su destino. La mayoría absoluta de los españoles se había limitado a votar por el aire puro.

Pero en Washington y en Bonn había unas computadoras, detrás de las cuales estaban los amos. A Felipe González le habían invitado a sentarse frente al piloto automático en una pequeña terminal del sur de Europa, un país llamado Spain, con la orden de vigilar las agujas y poner un poco de ética, a modo de aceite, para que la máquina funcionara con más suavidad. Pero en este país la ética simple aún podía ser revolucionaria, pensaban los alegres muchachos antes de robar la multicopista.

Sobre la mesa de la Moncloa recibiría anotadas las sucesivas correcciones de rumbo. Si un día este muchacho tan puro podía quitarle la longaniza de la boca a la derecha española, había que pulirlo un poco más para adaptarlo a la voluntad del amo. Los socialistas no acababan de soñar lo que les había pasado. «¿Tú crees que todo esto es verdad, que estamos en el Gobierno, que si mandamos nos van a obedecer?», le preguntaba Felipe a Alfonso Guerra. «No sé, Felipe, no sé, la verdad. Aunque tengo que darte una gran noticia. Hoy me ha abierto la puerta del coche un guardia civil, se ha cuadrado y me ha saludado con la mano en el tricornio. Esa actitud me ha llegado al alma.» «Ya te dije yo que no eran tan malos. Habrá que hacer algo por ellos. En el País Vasco los están matando», contestó Felipe.

A estas alturas aquella pareja de maletillas ya eran novilleros, toreaban con caballos y habían dejado en la cuneta a Tierno Galván. Este político de cuello ladeado, como de ciego, la mano abacial apta para la bendición casi apostólica, se movía con un aire de galápago anfibio bajo la chaqueta cruzada gris perla. Al quedarse fuera de cuadro y perder la marca socialista, guardó todo su rencor intacto. «Lo haremos alcalde de Madrid para que cierre la boca de una vez. Este hombre tiene la lengua de serpiente. No nos perdona», le decía Felipe a Guerra. Cuando Enrique Tierno fue elegido alcalde, muchos madrileños se aprestaron a llenar rápidamente las bañeras. Nadie podía prever que un filósofo con ademanes de padre prefecto y cinco dioptrías en cada ojo, que daba la sensación de estar a punto siempre de tropezar con algo, fuera capaz de gobernar un poblado del Oeste, donde campaban a sus anchas los cuatreros del cemento y otros buscadores de oro. Fue una sorpresa: Tierno mandaba y a pesar de eso los grifos seguían funcionando. Los madrileños estaban acostumbrados a otra cosa. El alcalde conde de Mayalde había impuesto su talante de matón entreverado de señorito ganadero a aquel lejano Madrid de estraperlistas con clavel en el ojal, de pordioseros todavía galdosianos y de flamencos jaleados por Ava Gardner. Después, Arias Navarro había despanzurrado impunemente la ciudad con sonrisa macabra de chispero. En cambio, Tierno inauguraba líneas de autobús con citas de Platón, los madrileños le veían bailando la conga amarrado a las cachas de la negra Flor en la verbena de la Paloma, presumía de no salir de Madrid en agosto, presidía procesiones con un collarón de esmaltes, adornaba las multas con literatura de Argensola, recibía al Papa, le entregaba las llaves de la ciudad dirigiéndose a Su Santidad en un latín de Tito Livio, que Su Santidad creía que era catalán, porque no sabía si el avión papal había aterrizado en Madrid o en Barcelona. Tal vez Enrique Tierno había alimentado la secreta aspiración de llegar un día a ser el presidente de la Tercera República, pero hasta la fecha su gran éxito consistió en poblar de patos el Manzanares.

Tierno Galván había sido expulsado de la universidad por haberse solidarizado con los es-

tudiantes en su lucha por la libertad y ese lance
estaba grabado en la nostalgia de aquella batalla.
Durante ese tiempo el profesor se halló en el cruce de caminos por donde pasaban los hilos de la
oposición moderada. Ejercía un magisterio suave,
algo abstracto pero tenaz, de forma medrosa, pa-
ternal, entre los grupos que iban y venían con fo-
lletos para la firma en la planta noble de la alcantarilla, y entonces él y algunos amigos eran el
socialismo del interior. La Internacional Socialista le mandaba un dinero de bolsillo para que funcionara una multicopista en aquel famoso piso de
la calle del Marqués de Cubas donde el profesor
se entretenía lanzando sofismas con tonalidades
de plática, y allí se dejaban ver todas las cabe-
zas de ratón de las distintas fracciones democráticas. Enrique Tierno conocía a don Juan, era amigo
de los cristianos, cenaba con los liberales, se car-
teaba con exiliados, iba de cena en cena impar-
tiendo doctrina en la penumbra, y así había lo-
grado alcanzar un punto intermedio de referencia
en la conspiración, mientras en Sevilla, sin que él
se enterara, estaban creciendo unos cachorros con
una ambición desmedida, aunque más certera.
Con su perfil de abad exclaustrado, pudo haber
sido presidente de la Tercera República si las cosas hubieran rodado a su favor. Pero aquellos jóvenes socialistas de Sevilla le hicieron la cama.
Primero dieron un golpe de mano en el congreso
de Toulouse. Luego lo repitieron en Suresnes y
desde ese instante Willy Brandt le cortó el sumi-

nistro con estas palabras: «A partir de ahora el talón conformado por el manco de Alemania se lo mandáis a estos chicos». Tierno se quedó con las ideas y Felipe González con el cheque. Si algo le pudo servir de consuelo es que Carmen Díez de Rivera había abandonado a Suárez por un problema de desamor. También había rechazado entrar en el partido de Felipe y al final decidió formar parte de las huestes de Tierno Galván, tal vez buscando a un padre.

A Tierno le faltaron reflejos. No estaba dotado para las zancadillas de pasillo, sólo brillaba en la maldad de la frase viperina. Cuando en los aledaños de la agonía de Franco la política se volvió más concreta y el poder al alcance de la mano sustituyó a los principios generales, y las dentelladas en la yugular menudeaban en el subterráneo de la oposición, Tierno Galván se convirtió en una especie de padre malherido, justamente resentido por las circunstancias. Su partido era sólo testimonial. «Estos jovencitos. No los conoce usted bien.» «¿Qué jovencitos, profesor?» «Ya me entiende, Carmen, ya me entiende. Si yo le contara. Querida Carmen Díez de Rivera. No sabe usted lo feliz que me siento de tener su magnífica belleza rubia en mis filas para apoyar el voto de calidad.» Después de los avatares de costumbre, Tierno Galván se entregó a Felipe González con armas y bagajes en el restaurante Las Reses, por doscientos cincuenta millones de pesetas, pagados a tocateja.

En medio del bosque lácteo, un día Suárez vio pasar una carroza mortuoria, tan barroca como la que sacaba Drácula los días de fiesta. Desde la copa de los árboles bajaba una voz grave, propia de testamento o profecía. La voz era la de Tierno Galván y cuando empezó a hablar enmudecieron los pájaros; igual que en los conciertos de rock, los búfalos del botellón también callaban cuando les instaba el alcalde, en nombre equivocado de John Lenox por el de Lennon, a que se colocaran. Lo que Suárez oía en el bosque lácteo era el último bando del alcalde Tierno Galván dictado desde ultratumba.

«Madrileños: con ocasión de mi reciente fallecimiento, permitid que vuestro alcalde lance su último bando. Corren malos tiempos, sobre todo para mí que estoy de cuerpo presente. Pero no tiene importancia. Se trata sólo de ese leve percance que te lleva a la eternidad. Durante toda la jornada de ayer se formó una paciente cola ante la capilla ardiente para contemplar mi cadáver y los ciudadanos más perspicaces sin duda descubrieron que en el catafalco yo exhibía una sonrisa de conejo. Puedo asegurarles que no me reía de nadie, sino de la Historia. En cierta época de mi vida alimenté una vana y secreta ambición. Soñé inútilmente con llegar a presidir la Tercera República Española y por ello hice de mi espíritu un delicado cultivo de formas y respeto a los demás, nunca estuve dotado para las grandes intrigas. Siempre dudé de todo y de mí mismo. Por eso un día tuve que enfundar el florete y rebajar las ilusiones. Entonces el destino me deparó el mejor regalo arrojándome al amor de los madrileños. Con él me he saciado. No me gustaría que ahora la gente me humillara con alabanzas al muerto. Deseo que me consideren lo que fui: un ser perplejo, amante de la libertad, educado y sólo realizado a medias. Después de todo, la Historia no ha sido tan esquiva conmigo. Hoy, entre la muchedumbre, mis restos mortales cruzarán las calles de Madrid en una carroza tirada por doce caballos, y un profesor dubitativo nunca pudo aspirar a más. Con este último bando quiero recomendar a los madrileños un poco de orden cuando mi cortejo fúnebre pase por delante de sus ojos hospitalarios. Me perturba ser yo mismo el causante de una alteración de tráfico. Que todo fluya suavemente, como dijo el filósofo, con la corriente encabezada por mi pobre cuerpo hacia la tumba, sin que se interrumpa la circulación. Por lo demás, en el futuro yo no seré sino aquel hombre que en la intimidad del corazón embistió a la gloria sin audacia y al final sólo encontró el calor breve e intenso del pueblo. Que mi tránsito por esta tierra haya sido del agrado de ustedes. Perdonen las molestias. Vuestro alcalde, Enrique Tierno Galván.»

Un millón de madrileños despidió a su alcalde y al final del cortejo había travestis sentados en los bordillos de las aceras llorando con el rímel corrido.

*Los antiguos líderes políticos, los nuevos fantasmas, aparecen como sombras en un espejo velado.*

«Me hablas de cosas que no entiendo, de personas que no recuerdo —dijo Suárez—. ¿Quiénes eran Dolores Ibárruri, Tierno Galván, Santiago Carrillo, Fraga, Felipe González?». «Esos rostros y nombres de líderes, que entonces llenaban los carteles y las páginas de los periódicos, han muerto o se los ha tragado la historia —contestó Carmen—. Yo misma también he muerto». Tampoco los jóvenes de hoy saben nada de ellos. Los políticos supervivientes, los que todavía están en activo, están irreconocibles. En las imágenes de aquel tiempo aparecen todos con aire montaraz, sin tripa, la barba negra hirsuta y la melena tapándoles las orejas, con la pana dura o la trenca de trabillas; otros con caras de empollón, finos y encorbatados, recién salidos de las oposiciones, pasados desde la burocracia a la política, de los despachos de abogados del Estado a los escaños del Congreso. Eran jóvenes. Salieron de las oposiciones sin haber probado el placer de la vida y bajo la ráfaga de la libertad se liaron con las periodistas que les hacían entrevistas, con las chicas de la tribuna de prensa. «A veces yo también iba al Congreso —le dijo Carmen— y los jóvenes diputados socialistas, los viejos cocodrilos franquistas, todos creían que tú y yo éramos amantes, que los fines de semana nos perdíamos en el bosque. No hubo ninguno que no me quisiera ligar. Políticos y periodistas. Umbral hablaba de mí en su *Diario de un esnob,* en su *Spleen de Madrid,* que eran los artículos más leídos de *El País;* Paco hizo todos los jeribeques que suele hacer un donjuán para conquistarme: primero una lisonja, después una provocación, después un elogio desmesurado, eres la mujer de mi vida, me excita tu historia, luego un desplante seguido de una invitación a cenar, a un café, a un pacharán, todo demasiado obvio. Yo me dejaba. Diluyó mi negativa gracias a la amistad con el padre Llanos. Cogió un rebote cuando creyó que el cáncer le arrebataba finalmente sus sueños de poseerme y reaccionó con una extraña virulencia contra la enfermedad que me roía las entrañas».

¿Dónde estaban en las elecciones de 1977 los líderes que se enfrentan hoy en las urnas? José Luis Rodríguez Zapatero, con diecisiete años, estaba acabando el bachillerato y no pudo votar; Rajoy se disponía a preparar oposiciones a Registros; José María Aznar iría de paseo por las afueras de Logroño bajo los álamos con las mangas del jersey sobre los hombros en compañía de Ana Botella, comentando, tal vez, el artículo que acababa de escribir en una revista de la Falange Auténtica. «¿Quiénes son esos fantasmas cuyo nombre pronuncias?», preguntó Adolfo a su amante muerta. «Querido Adolfo, un día llegaron del exilio las carátulas del pasado envueltas en mitología: Pasionaria, Santiago Carrillo, Alberti. Eran la expresión de la memoria de la guerra civil. La derecha hizo de Carrillo una de tantas figuras del diablo sin sospechar que después se convertiría en un artífice inteligente y pragmático de la Transición. Un día me tomé un chinchón con él, obedeciendo un mandato ordenado de muy arriba, y ahí empezó parte de tu historia. Felipe González venía del fondo de la clandestinidad con un diseño de joven agreste sin tallar todavía, como la imagen de un sueño que estaba por ganar; Fraga acababa de descolgarse del catafalco del franquismo comiéndose las palabras, pero no el pasado; el rey Juan Carlos estaba adquiriendo ya un aire de confianza en sí mismo, experto en navegar entre dos aguas. Tú fuiste el héroe del momento, odiado por la extrema derecha por haber traicionado los ideales del Movimiento, seductor del fondo femenino de la patria por tu apostura física, entre hortera y audaz, apoyado por los centristas liberales, democristianos y derribos del franquismo. Incluso en todos los países de Latinoamérica te tomaron de ejemplo, como el que tiene la llave secreta para desmontar una dictadura. Desde Argentina a Cuba te recibían en medio del entusiasmo de la multitud. Te admiraban por haber hallado el tesoro del cofre del pirata. "Nunca fundes un partido", te dije, "el día que caigas en la tentación de fundar un partido me iré de tu lado". Gracias a mí cambiaste de caballo en mitad del río, del franquismo a la democracia, pero fundaste un partido que llevaba dentro su propia destrucción, la UCD, un conglomerado de traidores, menudo invento, cada uno con su ambición, y te creíste tu propia ficción como un nuevo general Della Rovere y estuviste dispuesto a dar la vida por ello. Ningún gesto de gallardía podrá compararse al que ofreciste a la historia al enfrentarte al golpista Tejero para salvar a tu amigo el teniente general Gutiérrez Mellado arriesgando el pellejo. El asalto del Congreso por aquella banda borracha fue el último capítulo de una pugna de la España negra por doblarle el codo a la democracia. Tú fuiste pasado por las armas. ¿Recuerdas?»

El intento de golpe de Estado de Tejero purgó todos los fantasmas que la Transición llevaba en el vientre bajo diversas formas de reptil. Y, en sentido contrario, abrió la puerta a una nueva generación capitaneada por el Gobierno socialista, que en la noche del 28 de octubre de 1982 dejó entrar en el hotel Palace el espíritu de cambio. En el fondo la democracia consiste en sentar las bases racionales para que una sociedad evolucione biológicamente con normalidad.

«Entonces te dejé. Terminó nuestro romance de amor, nuestra aventura política y fui seducida por los socialistas. Me gustaba Felipe González, pero él me temía. No me tomaba en serio. Creían que era una espía de la KGB. Me puse del lado de Tierno Galván, en el que una vez más yo buscaba a un padre.» Durante los años que acompañaron a las tres mayorías absolutas de Felipe González, en la calle se produjo una tranquila, paulatina y profunda revolución en las formas de convivencia de los españoles. Se instauró otra manera de amar, de hablar, de viajar, de vestir, de trabajar, de enfrentarse a la vida. Los colores se apoderaron de las paredes de las ciudades, de las vestimentas y de las mochilas. Las estaciones y aeropuertos, los abrevaderos, las terrazas, los museos, los parques y las discotecas se llenaron de jóvenes sentados en el suelo a la espera de agarrarse a cualquier asa para salir volando hacia el horizonte y España por fin comenzó a hacerse soluble con Europa. Los socialistas no pudieron liberarse del síndrome de Estocolmo. En cuanto vieron que un guardia civil, después de abrirles la puerta del coche, se cuadraba y les saludaba con la mano en el tricornio, no pudieron resistir la tentación de ponerse al frente de la lucha con la ETA. «Si ellos nos matan, nosotros también los mataremos.» Dejaron que el desagüe de la sentina del Estado pasara por el salón principal donde estaban sentados señores muy finos. Y después llegó la corrupción. «Ahora nos toca a nosotros», se dijeron. El desencanto era la forma como los progresistas salvaron la conciencia de haberles votado. Fin de un sueño.

Los años ochenta fueron realmente nuestro Mayo del 68 de espoleta retardada. En lugar de efectuar su explosión concentrada en unos días, como en París, en este país constituyó una llamarada que se extendió a lo largo de toda la década y en ella ardieron unas tribus urbanas con una nueva imaginación a cuestas. Eran todavía niños cuando murió Franco, se hicieron adolescentes durante la primera transición y llegaron a la juventud explosiva bajo el Gobierno de Felipe González. Aquellos jóvenes cambiaron de piel a este país, buscaron el mar debajo del asfalto y asimilaron la libertad que encontraron en las aceras hasta convertirla en la propia sangre. Nuevos narradores, pintores y cineastas posmodernos, músicos y artistas conquistaron un glamour con una exaltación explosiva de sus cuerpos a través de la red de miradas en los abrevaderos. Los hijos comenzaron a ser más altos, más listos, más divertidos, más felices que sus padres. Y en eso llegó el desencanto.

«Hubo un joven banquero con un ideal político deslumbrado, que confundió el poder político con el poder del dinero y se aventuró a comprarte el partido por trescientos millones de pesetas. "¿Cuánto valen tus siglas, tu imagen, tu coraje? Ahí va eso, en una bolsa de El Corte Inglés", te dijo. Tuviste que ir a declarar ante un tribunal como testigo. Los testigos no pueden mentir. Jueces y políticos se reunieron previamente para decidir qué sería menos lesivo para la Razón de Estado: que admitieras haber recibido trescientos millones de aquel banquero o lo negaras. Te presentaste ante el tribunal. "¿Es cierto que el señor banquero aquí presente, sentado en el banquillo de los acusados, le hizo entrega a usted de trescientos millones de pesetas?", te interrogó el fiscal. Se decidió que causaría menos daños al Estado si lo negabas. Respondiste: "No es cierto". El juez no quiso saber más. "No hay más preguntas. Puede usted retirarse." A partir de esta humillación de tu coraje la niebla cayó sobre tu memoria.»

Aquel banquero era aplaudido por los estudiantes. Hubo un momento en que fue coronado con un honoris causa y en ese acto tuvo delante a los reyes de España, a toda la prensa, a la clase dirigente del sistema y a sus enemigos conjurados. Aplaudieron todos. Él proclamaba: «Soy negro, sé que soy negro y Felipe González también es negro y lo sabe, pero otros políticos socialistas son negros y se creen blancos. Nunca los aceptará el sistema. Este país está entre el cabreo y la desesperación. El cabreo por la corrupción y la desesperación por la inevitable llegada de un mindundi como Aznar. Yo quiero ser el futuro presidente del Gobierno de este país. Y si hay que pagar, se paga». El banquero era negro y el Leviatán le echó una bocanada de azufre en el rostro y luego se lo tragó mandándolo a la cárcel.

La derecha salió de su postración a principios de los noventa y empezó a cabalgar a sus anchas a caballo del siglo. Otros jóvenes constituyeron un nuevo paisaje urbano. Se acabaron las barbas revueltas, el desaliño de boutique. Se desintegró la Movida y se instauró la ropa de marca. Los bares comenzaron a llenarse de jóvenes de pelo pegado, la camisa abierta hasta el tercer botón, chaquetas de cachemira y vaqueros planchados, mocasines con borlitas y un par de másters de cualquier universidad norteamericana en el bolsillo. Aquel líder político, José María Aznar, por el que nadie habría apostado si hubiera sido gallo, resultó ser un gallo de pelea con los espolones en las sienes. Había desarrollado sobremanera el gen del mando creando el terror entre sus huestes hasta aglutinar al PP en torno a él, y de esta forma lograría derribar con una agresividad desaforada a Felipe González después de darle con un latiguillo una y otra vez en la ceja que traía partida por la corrupción, producto inexorable de tres mayorías absolutas. Aznar ganó las elecciones en 1996 a la brava por unos miles de votos. Los socialistas dijeron que se trataba de ducharse y volver al Gobierno.

La primera legislatura con el Gobierno del Partido Popular, condicionada por los pactos obligados y empujada por el viento largo de la economía, sólo fue una etapa bonancible, la antesala de la mayoría absoluta de la segunda. Los niños felices comenzaron a hacer rodar en el dedo los llaveros de coches de gran cilindrada en la puerta de las discotecas y ser de derechas se puso de moda como matar marranos en la finca, hablar de Bolsa y llevar el todoterreno a misa los sábados. En El Escorial se celebró una boda como

un desafío, un desplante, sin complejos. Y en medio del banquete de este Baltasar se apagó la luz y
en la oscuridad brillaron las tres palabras: Mane,
Tecel, Fares. Luego se oyó la voz del ángel del
Apocalipsis que acababa de abrir el séptimo sello.

*Cuando España perdió el olor a sardina y comenzaron a reinar las mochilas rojas.*

Adolfo Suárez ya no recordaba el nombre del actual jefe del Estado Mayor del Ejército ni el de los cuatro generales más gordos del escalafón que habían ido a la Zarzuela a pedir al rey que lo echara de la Moncloa antes de que florecieran los almendros; también había olvidado el gesto de aquel milico que se negó a cuadrarse y a darle la mano en un acto oficial. Esa desmemoria del nombre de los generales la compartía con la mayoría de los ciudadanos. España había cambiado, pero Suárez tampoco lo sabía. En medio del bosque lácteo él creía que el país seguía teniendo un olor a sardina en arenque envuelta en papel de estraza, aquella sardina que había que aplastar con el quicio de la puerta para separarle la piel. Creía que había todavía ciegos cantando *Los iguales* en las esquinas, que los feriantes de ganado lucían un cinturón confeccionado con monedas de un real, que subsistía todavía un tiempo de plomo en que no había forma de hacer una foto en la calle sin que apareciera al fondo una monja, un tullido, un cura con sotana, un militar de uniforme, un caballero mutilado, un niño vendiendo barquillos, un abrecoches con gorra de plato o un guardia con el pitillo en la boca indicando la dirección a un extranjero que parecía un ser de otro planeta simplemente porque vestía colores claros. Adolfo Suárez ignoraba que la democracia y las proteínas habían hecho síntesis y la sociedad había mudado de piel.

Pero fuera de la mente láctea de Suárez ya existía otro país. Los jóvenes habían alcanzado la altura media de un jugador de baloncesto y prácticamente todos los abuelos tenían la dentadura reparada y jugaban a la petanca en los parques con jersey de pico y gorrilla ladeada y una joven risueña les cortaba las uñas en el hogar del pensionista. En las tertulias ya no se hablaba de militares, la gente les había perdido el miedo, ahora sentía por el Ejército cierta admiración porque los comandantes se habían ido a Europa a jugar con misiles de verdad, en lugar de jugar a la garrafina en la sala de banderas donde el pensamiento militar se dividía en dos ante este dilema: ahogar el seis doble al coronel o levantarse de la partida para salvar a España, ambos lances considerados como una hazaña. A la hora del desprecio, el lugar nefasto de los militares y de los curas lo habían ocupado los políticos. Ahora los mendigos galdosianos, en vez de extender sólo la mano, ofrecían algo a cambio. Unos tocaban el acordeón en un túnel, otros vendían pañuelos de papel en los semáforos, limpiaban el parabrisas o realizaban un número de circo, bien de payasos y equilibristas, bien de saltimbanquis o de lanzallamas. Los vespinos repartían pizzas

de madrugada y algunos morían despanzurra-
dos. Por primera vez había mendigos rubios con
ojos azules.

Al príncipe Felipe de Borbón se le solía
ver en un pub de moda, se descubría su cabeza
en medio del rebaño porque era más alto que sus
guardaespaldas, detalle nada banal, puesto que
el pueblo llano ya no distinguía la altura de la al-
teza y esto que llevaba el príncipe a su favor. Al
principio iba a un bar de copas con unos amigos
que eran vástagos de las finanzas, unos pijos de
vaqueros planchados que andaban entre el pádel
y el índice Dow Jones, y se empataban con chicas
de piernas largas y morritos de silicona, todos de
pie con un vidrio en la mano bajo la música de ga-
rrafa. «Viene alguna vez por aquí», decía algún camarero. «¿Con quién, con la de siempre?» «No,
ahora viene con una rubia, que es modelo y está
buenísima, no me preguntes más.»

El príncipe había concedido a los españoles el honor de no verle rodeado de toreros y rien-
do las gracias de flamencos, mozos de espada y
picadores como su padre. Al parecer había sido
preparado para que le sentaran bien las guerreras
de los tres ejércitos, el esmoquin, el chaqué, la
toga, los birretes académicos, el equipo de te-
nista, de piloto, de caballista, de navegante, de
esquiador. Acomodar un cuerpo a esta variada
clase de disfraces exigía una gran preparación
mientras las amigas y las novias se iban sucediendo a su alrededor. Ahora que el príncipe iba

a cumplir treinta años, sobre su persona arreciaba aún más la presión de políticos, familias reales y otros interesados para que este joven entrara en nupcias formales. Azafatas, modelos o doradas de la aristocracia europea patinaban por el paseo de Recoletos bajo las acacias en flor esperando ser llamadas. Era necesario que la cadena de príncipes no se interrumpiera. Hasta hace poco, los reyes recién casados tenían que mostrar desde el balcón en la noche de bodas un pañuelo ensangrentado para demostrar al pueblo que la reina había sido desflorada con toda normalidad. El pueblo aplaudía. A mucha gente le gustaría que ese acto se retransmitiera hoy en directo. Alcanzaría la máxima cuota de audiencia en Telecinco, en *Aquí hay tomate,* nunca mejor dicho. A cualquiera que preguntaras por él, si le conocía bien, te decía que el príncipe Felipe era muy normal. Lo decía el camarero de la discoteca de moda, el catedrático de Constitucional, el patrón de un yate, el amigo pijo y el antiguo compañero de clase. Normal y buen inseminador, éste era el mejor elogio que se podía hacer de un príncipe moderno.

Por lo demás, fuera del bosque lácteo cualquier taxista presumía de tener un hijo cirujano en La Paz y una hija que estudiaba Física Cuántica en Múnich; además, el propio taxista cultivaba lechugas y tomates en el huerto que había heredado de sus padres en el pueblo, pese a lo cual todavía estaba cabreado contra el mundo en general. No había derecho. El taxista oía la radio de los curas y pedía leña, más leña, sin quitarse el mondadientes de la boca; en cambio, el cliente que iba detrás, un ejecutivo de una multinacional al que acababa de recoger en Barajas, tenía un chico que por fin había conseguido colocarse de recadero en un supermercado y se sentía feliz por eso, ya que antes estaba en la droga. Aquella mierda la había traído Suárez, bufaba el taxista, pero Suárez apenas existía. Se había perdido en el bosque.

En los telediarios se veían caer miles de toneladas de bombas sobre Bagdad, cuyas luces semejaban un árbol de Navidad, según gritaba el piloto; luego aparecían en la pantalla unos jubilados haciendo taichi en la playa de Benidorm, después un cirujano japonés operaba de amígdalas a una rata en directo por Internet y finalmente el mundo se cerraba con un desfile de modelos anoréxicas envueltas en gasas dando caderazos por una pasarela. En *Informe Semanal* pasaban un reportaje de una noche de sábado. Una multitud de jóvenes y adolescentes se aglomeraba en torno a los minicines, cuyos vestíbulos que apestaban a palomitas de maíz habían sustituido a las antiguas plazas de los pueblos. Después se mostraba un gigantesco botellón con cientos de adolescentes borrachos. En las discotecas y terrazas de moda la hija de un alto ejecutivo de la banca servía bebidas en patines vestida de pantera, con rabo y todo. Éste era su tercer contrato temporal en dos meses y estaba muy contenta o al menos así lo parecía, porque si no sonreía al cliente con un rictus de felicidad cristalizado en los labios, la echarían de inmediato.

«Parece que son muy felices estos niños», pensaba Suárez, contemplando una avalancha de cuerpos juveniles. Los empresarios habían conseguido que se explotaran entre ellos. Esa chica disfrazada de pantera que servía bebidas sobre unos patines sabía que para su puesto de trabajo había diez panteras detrás esperando, que eran más guapas, de piernas más largas, más felinas, con más colmillos, con más garras, que se conformarían con menos sueldo y que estarían dispuestas a disfrazarse de lo que quisiera el jefe, de ave del paraíso, de india apache, de astronauta: a todos les obligaban a exhibir con orgullo el logotipo de la empresa en la espalda o en la visera de la gorra. El espíritu japonés había imbuido el cerebro de estos chicos que habitaban las barriadas obreras de las ciudades españolas, de modo que tenían una mano en el ratón del ordenador y otra en los genitales. Unos sólo eran pornonautas, otros se estaban buscando la vida en la red, la mayoría imaginaba nuevos negocios para forrarse teniendo que pasar primero por las esferas siderales, algo electrónicamente muy excitante. En una acera de la calle Serrano había mendigos arrodillados que en una mano en alto exhibían un plato para las limosnas y con la otra estaban mandando un mensaje con el móvil. El Estrecho lo asaltaba un trajín de pateras, pero las mujeres aquí ya podían ser pilotos o capitanas de la Marina, árbitros de rugby, fontaneras o paracaidistas. La mitad de esa multitud de jóvenes que invadía las aceras en la noche del sábado podría ser despedida del trabajo el lunes pero la otra mitad encontraría, tal vez, una salida llena de futuro el martes atracando un supermercado o una farmacia. Así trepidaba el suelo bajo sus pies en el bosque lácteo. Y con esos pies cada uno iba a lo suyo. Había caído el Muro de Berlín. Ya no había comunistas. Sálvese quien pueda. El horizonte de la historia era un cóctel molotov, pero nadie sabía explicar qué había más allá después de incendiar un barrio, romper los escaparates y huir cargando un televisor de plasma, un cajón de leche para el hijo recién nacido o un equipo de música o una muñeca hinchable.

A la salida del cine, en la noche del sábado, la visión de Suárez se sorprendía ante el espectáculo de las innumerables caravanas de jóvenes y adolescentes que subían de los suburbios hacia el centro de la ciudad con chupas de cuero duro. Eran miles, decenas de miles, e iban más o menos acicalados, algunos oliendo a colonia Nenuco, otros a aguardiente de cuarenta grados, todos dispuestos a iniciar una cabalgada por discotecas, bares de copas, esquinas calientes, plazoletas de iniciación. Partía la noche un rayo láser cuyo foco indicaba el lugar en que se celebraba el concierto de rock promovido por el Ayuntamiento, por un alcalde de cuello blando que hablaba de Kant, un alcalde que después sería enterrado con la carroza de Drácula, llorado por un coro de travestis, un tal Tierno Galván. Al final las manadas huían de sí mismas, con el botellón en la mano, atiborrándose de música furiosa dentro de los coches con las piernas fuera de la ventanilla o dando patadas a las papeleras porque regresaban a casa sólo con media paja. Suárez se preguntaba si la democracia que había dado su oportunidad a esos búfalos insomnes había valido la pena. Pero amanecía el sol del domingo en el bosque y otra multitud de jóvenes invadía la estación de cercanías con mochilas y equipaje de alpinistas, de excursionistas que iban al campo a hacer deporte llenos de pasión por sus cuerpos y por la naturaleza, y el lunes llenaban igualmente la universidad, las bibliotecas y los laboratorios. En medio de la congestión orgiástica del sábado sonaban las sirenas del Samur y todo tenía un aire de Apocalipsis de fin de semana.

De pronto el propio Suárez se veía a sí mismo cruzando este infierno de belleza en compañía de aquella mujer rubia y se daba cuenta de que eran dos extraterrestres. Había cola de inmigrantes en cada locutorio, el centro de la ciudad estaba ocupado por un ejército de africanos, a las tres de la madrugada dejaba paso a otro ejército de chinos, que desde lo alto de los camiones repartía envases de arroz con brotes de soja a los búfalos. «¿Quieles uno?», preguntaba la chinita. La mujer rubia alargó la mano con un billete de mil y la chinita les ofreció dos envases de arroz. Suárez y la mujer rubia bajaron por la Gran Vía y poco después se detuvieron para ver pasar la historia con la espalda apoyada en la fachada del bar Chicote.

«No sabes la que has armado, querido Adolfo —le dijo Carmen Díez de Rivera—. En junio de 1977, cuando se celebraron las primeras elecciones democráticas que tú habías convocado, este río de aguas limpias y sucias que baja por la Gran Vía, que llena hoy los estadios, cines, bares, conciertos, discotecas, aún no había nacido o no tenía edad para discernir la importancia política de aquel acontecimiento y la miseria moral que dejaba atrás. Sólo a los ciudadanos de cincuenta años para arriba les tocarás ahora una fibra sentimental si les recuerdas que en aquel tiempo en la radio todos los días sonaban las canciones políticas *Libertad, sin ira, libertad* o *Habla, pueblo, habla*. ¿Recuerdas? Aquellos jóvenes con pantalones de campana, jersey con cuello de cisne y patillas de hacha, ellas con minifalda, botas altas y sin sostén bailaban, mejilla contra mejilla, las melodías *Oh mamy, mamy blue,* y también *Las manos en tu cintura,* de Adamo. Nosotros dos trajimos la libertad a este país bajo esta música amartelada. Nosotros bailábamos boleros de Lucho Gatica y de Manzanero, pero los más modernos y concienciados se enamoraron tarareando al oído de su pareja las letras de Léo Ferré, Jacques Brel y Georges Brassens. ¿Te acuerdas cuando tú y yo bailábamos aquella canción que convertimos en nuestra contraseña? En el fondo éramos unos antiguos. Mientras en la piscina El Lago sonaba *Cuando calienta el sol* te acercaste a mi tumbona y me diste un beso, de amigo, todavía muy casto, pero fue un escándalo. Hace treinta y un años de todo eso. Las canciones que envolvieron las primeras elecciones democráticas se han esfumado. De nada sirve en este caso la nostalgia, querido Adolfo».

Los jóvenes que discurrían de madrugada como un río convulso por delante de esta pareja nacieron con Internet, con el móvil, el MP3, el CD, el GPS, el chat y la PlayStation. A través de la yema de los dedos sobre los distintos teclados su sistema nervioso se prolongaba por todo el universo. No sabían nada del Muro de Berlín ni del comunismo ni de la Guerra Fría. Cuando tomaron la primera papilla ese mundo ya no existía, pero al pasar del triciclo a los patines los alcanzó la libertad por la espalda y con la primera bicicleta se encontraron con la globalización, con el terrorismo planetario. Los más concienciados amaban la naturaleza, se molestaban en buscar una papelera antes de tirar un envase al suelo, rechazaban la comida basura e incluso cerraban bien el grifo del fregadero. Los más descerebrados se excitaban cada sábado en el albañal del botellón. Sus padres, en la manifestación de izquierdas, corearon el pareado: «El pueblo unido jamás será vencido». Ellos sólo cantan ahora el oe, oe, oeee al final del partido, cualquiera que sea su ideología. Ese cántico es el himno del siglo xxi, acompañado con la imagen de las Torres Gemelas ardiendo. Conocieron el amor ya en tiempos del sida y aunque en el colegio les explicaron cómo se usa el preservativo, a la mayoría no les da tiempo de ponérselo. Su horizonte es el genoma humano, que comparten con la marca Nike, y si sus padres se estremecieron con Maradona y Cruyff, ellos adoran a Nadal, Fernando Alonso y Pau Gasol. No les interesa la política, no les suena el nombre de Adolfo Suárez, tal vez vagamente el de un tal Felipe González, no leen periódicos, tienen una idea muy fragmentaria de la cultura, pero cuando un tema les apasiona —deporte, cine, informática o música— lo conocen hasta el fondo, abastecidos por una información exhaustiva.

Los abuelos de estos chicos juegan a la petanca en el parque y los padres se ponen el chándal los domingos y se van a unos grandes almacenes, que son los templos modernos donde la clase media española realiza los oficios religiosos, y allí compran unas galletas dietéticas para comulgar y zanahorias para adelgazar. Todos recuerdan aquel día en que se acercaron a un colegio electoral para depositar por primera vez su voto en la urna. Las elecciones democráticas de junio de 1977 las había convocado el propio Suárez, pero en ese momento este político no había conseguido saber a quién había votado aquella mujer rubia que ahora estaba a su lado con la espalda contra la pared del bar Chicote viendo pasar la historia.

«A estos niños con el pelo de cepillo mojado, el cuerpo lleno de piercings y de mariposas tatuadas habría que contarles que la libertad no es un refresco de cola, sino un licor de sangre, que en este solar se ha bebido hasta el delirio. La libertad fue recibida con alegría y miedo por media España, con rechazo y recelo por la otra media. Y así sigue todavía. Dame un beso, Adolfo, como el que me diste en la tumbona de la piscina. Mañana iremos a navegar», le dijo Carmen, la de los ojos de piedra, con un envase de cartón lleno de arroz y brotes de soja en la mano.

*Las Torres Gemelas ardiendo iluminan el vientre de la historia.*

José María Aznar había casado a su hija en El Escorial, había colocado a su mujer en el Ayuntamiento de Madrid a la sombra de Gallardón, había conseguido hablar un inglés mexicano en el rancho de Bush, había puesto los pies sobre la mesa fumándose un puro al lado del amo del imperio, quien a su vez le había puesto la garra de tigre en el hombro, un gesto más peligroso, y le llamaba Ansar, en plan compadre disléxico. Había gobernado dos legislaturas como había prometido, sólo ocho años y ni uno más, pero en vista de cómo iban las cosas pensó: «Me voy, pongo a un pelele que nombro a dedo, me diluyo un tiempo, acompaño a mi yerno en las carreras de coches con ese macarrón de Briatore, me machaco en el gimnasio, hago mil abdominales al día, adelgazo, me dejo melena, me recorto el bigote, aprendo inglés y doy conferencias plagadas de lugares comunes y cosas consabidas a tanto la palabra, fundo un consorcio de derechas con calabazas pensantes, me forro hasta las patas y dentro de cuatro años vuelvo al Gobierno». Su renuncia a un tercer mandato, más allá del desdén castellano, podía obedecer a un interés medido de no deteriorar su imagen y salir ileso del Gobierno sin que nadie le hubiera pisado la cresta, para volver un día a la Moncloa si el mundo lo necesitaba y Aznar se dignaba a bajar de las alturas. Esta secreta aspiración, que casi nunca se cumple, requería un sucesor inerme que no se atreviera a darle un tajo al cordón umbilical que le unía al jefe para sentirse liberado.

Si las votaciones para elegir a un candidato se hubieran realizado por el sistema mediante el cual se elimina entre varios aspirantes al menos votado en cada vuelta, al final en la última votación sólo quedaría el que no tiene ninguna arista, el que no cae ni bien ni mal a nadie. Los miembros del jurado tienden a buscar el consenso natural entre la carne y el pescado. En estos casos el único mérito del ganador consiste en ser un canto rodado, que no acaba de gustar a todos, pero tampoco es odiado por ninguno. En repostería saldría victorioso el mazapán; en frutería, el plátano; en el refresco, la tónica; en el postre, el flan de la casa. En la derecha política fue Mariano Rajoy el postre preferido, pero aquí no hubo jurado, sino la voluntad absoluta de Aznar, quien, antes de sacar el dedo, tal vez pensó: «Lo lógico sería que se lo propusiera a Rato, pero Rajoy suele decir cosas bien ensalivadas, y a cualquier afirmación dubitativa le ofrece tres salidas, como tres gateras, todas llenas de sentido común, para poder escapar. Tampoco haría mal papel como canónigo ante unos palominos con chocolate. Dicen que era un estudiante superdotado y sacó a la primera las oposiciones a Registros».

Sólo por cumplir un mero trámite, Aznar propuso su nombramiento a los máximos organismos del Partido Popular. En la bolsa donde el presidente Aznar tenía insaculados, cabeza abajo, a sus herederos también se hallaba incluido el puñal del godo, un arma que no es tan blanca como suele decirse. Según qué mano la empuñe, podría ser muy certera contra los sueños de Aznar. Este político autoritario, por encima de sus frustraciones, había desarrollado el gen falangista del mando, cuya pasión le ocupaba toda el alma, desde el cráneo hasta los testículos, y el excedente le caía por las perneras sobre las dos borlitas de los zapatos.

Cuando los candidatos fueran saliendo del saco, uno detrás de otro, para que Aznar les echara el último vistazo, el presidente tendría en la más alta estima a quien considerara incapaz de llevar el puñal del godo secretamente acariciado en el bolsillo. A simple vista, Rajoy parecía tener más interés en fumarse un puro en una hamaca viendo la vuelta ciclista a Francia que en apuñalar al patrón después de haberle heredado. Aunque la ambición política da para realizar ambas cosas a la vez, a este aspirante podría beneficiarle ese aire un poco ganso, para quien daba igual ocho que ochenta, siendo al mismo tiempo un hombre fiable y pragmático, negociador y cortés. Hay políticos que tienen buen puñal, pero les falta brazo. El caso de Rajoy era el contrario. Le sobran brazos, pero prefiere usarlos para remover la masa del pastel, ya sea de merengue o de chapapote, y para caminar después moviéndolos como un jaco cartujano. De sangre, sólo la precisa, la que se necesita para las morcillas.

Mariano Rajoy debió de ser un adolescente grandullón, disciplinado e inteligente, con barba prematura por dentro, y en el colegio tendría también la confianza del padre superior. Este actual preboste era un estudiante superdotado, pero torpón y sin reflejos a la hora de dar patadas francas y cargas violentas en los juegos del recreo; tal vez por eso imaginó que lo suyo, de mayor, debería ser la política, un deporte que te permite machacar desde la poltrona las espinillas del contrario por debajo de la mesa del despacho sin dejar de abanicarte la papada con un expediente. Rajoy contemplaba desde la mejor sombra del patio aquellas batallas de sus compañeros participando sólo indirectamente en su rivalidad, lo que le ha convertido hoy en un gran deportista sentado, hincha de culata, que está al día en cualquier competición, ya sea ciclismo, fútbol o carrera de sacos, sin excluir la prueba en la que él participa en este momento: la subida con otros candidatos por el palo enjabonado para atrapar el pollo de corral que Aznar ha colocado en la punta como premio. En toda excursión campestre hacia Fuente La Teja siempre hay un grandullón conformista a quien el jefe de expedición le manda que lleve la sandía. Aznar le puso a Rajoy en brazos una sandía de veinte kilos y le dijo: «Anda, llévala tú».

Adolfo Suárez González había salido del bosque para irrumpir en la precampaña electoral del Partido Popular en 2003 para apoyar la candidatura de su hijo, Adolfo Suárez Illana, en las elecciones autonómicas de Castilla-La Mancha contra José Bono. Llegó al recinto ferial de Albacete en medio de grandes aplausos de cuatro mil partidarios. Las aclamaciones de entusiasmo le emocionaron. Comenzó a sonreír de forma extraña. «No me aplaudan tanto, que soy de lágrima fácil», exclamó. El delirio se produjo cuando llegó Aznar y lo abrazó en el estrado. Suárez empezó a leer unos folios. Enseguida los suyos advirtieron que la cosa no iba bien. Suárez, sin darse cuenta, estaba leyendo el mismo folio varias veces. «Perdonen. Creo que esto ya lo he leído antes», murmuró. El desliz no importó a nadie, pero todo el mundo supo que algo raro estaba pasando. Suárez comenzó a reafirmar los valores de la libertad, la democracia y la tolerancia, pero lo hacía como alguien que se había extraviado en medio de la niebla. Sonó la música del himno del partido para acallar aquel desvarío mientras Suárez tenía un recuerdo para su esposa Amparo y aseguraba que su hijo no les defraudaría nunca. Las palabras de José María Aznar, asfixiado por el intenso calor que hacía en el pabellón, cerraron el acto. «Hoy estás en tu sitio, apoyando las ideas de tu hijo y de todos nosotros, que son las tuyas, y de las que nos consideramos herederos.» A partir de aquel día todo fueron sombras. Amparo, Mariam. Carmen, el príncipe, el rey, los políticos, los amigos. Los sueños. Todos pasaban por ese río que cruzaba el bosque.

En esos días todavía estaba en el aire la imagen apocalíptica de las Torres Gemelas ardiendo. Todo daba a entender que iba a cambiar la historia. Era el último de los grandes incendios, el del templo de Artemisa en Éfeso, el de la biblioteca de Alejandría, el de Constantinopla, el del Reichstag de Berlín. Cada uno de estos fuegos torció el curso de la historia. Ahora ardían las torres de Nueva York, el símbolo del capitalismo. Se creó el Eje del Mal. En Kuwait ya estaban preparados dos millones de sándwiches y cinco millones de yogures congelados para el ejército norteamericano dispuesto a invadir Irak, con ayuda de las tropas españolas. En la calle Tribulete de Madrid, en Lavapiés, unos musulmanes compraban móviles y cambiaban un kilo de dinamita por cien gramos de hachís. En la plaza de Lavapiés aún se respiraba felicidad. Desde un balcón del quinto piso una abuela muy madrileña, con bata guateada, gritaba hacia la calle: «Mohamed, cómpreme un litro de leche y una barra de pan».

¿Sería real que las Torres Gemelas estaban ardiendo, que las bombas caían sobre Bagdad, que las pancartas contra la guerra llenaban el bosque? Llegó a España el execrable atentado de la esta-

ción de Atocha, como el plato frío de la vengan-
za, que fue digerido por los ciudadanos como el
castigo de los dioses a un líder que no tuvo olfato
para saber por dónde venía el viento. Adolfo Suárez ya no pudo saber que el Partido Popular fue
desbancado porque Aznar no supo pilotar el
avión en medio de la terrible borrasca. Las vícti-
mas inocentes que murieron con este atentado
fueron manipuladas por un interés electoral de la
derecha. En la memoria perdida de Suárez fueron
una misma descarga, las Torres Gemelas y la estación de Atocha, una misma sangre, una sola explosión cuya onda expansiva, junto con otros
cascotes, hizo que el poder cayera sobre los hombros de José Luis Rodríguez Zapatero, que inesperadamente, como efecto de aquella metralla,
ganó las elecciones de marzo de 2004; durante
cuatro años, no han cesado las turbulencias.

«¿Quién es ese muchacho que ahora sale
tantas veces en los telediarios?», se preguntaba
Suárez en medio del bosque. Este político estaba
físicamente diseñado para ser un joven abande-
rado de cualquier congregación mariana, cosa
que suele suceder cuando te educan en el colegio
de las Discípulas de Jesús y la vida te regala más de
un metro ochenta de estatura, un carácter sin
aristas y unos ojos azules como el manto de la
Purísima, pero este destino inexorable hacia el
tocino de cielo quedó neutralizado por un anti-
cuerpo socialista de raíz familiar. A Suárez le recordaba sus tiempos del seminario y de la juven-

tud de Acción Católica. También él llevaba la bandera. Al llegar al uso de razón, el niño Zapatero se había encontrado con que la foto de su abuelo, el célebre capitán Lozano, que fue fusilado por los franquistas en León por ser leal a la República, estaba enmarcada en el aparador junto a algunas bandejas de plata, y esa imagen amarilla terminó por hacerse alimento en las conversaciones de sobremesa. Con la papilla, se transmite el meollo de la fe. A tan tierna edad, lo que uno oye mientras come llega al estómago en forma de ideología.

A aquel estudiante de Derecho, que de milagro se libró también de tocar la pandereta en la tuna, al sonreír ya se le iba la boca hasta la mitad de las mejillas, y allí la detenían esos hoyuelos que tanto gustan a las novias con el instinto maternal muy desarrollado. Suárez ignoraba que el nuevo presidente del Gobierno se enamoró de su mujer, Sonsoles, en la manifestación contra el golpe de Tejero el 27 de febrero de 1981, cuando toda España consideraba que Suárez se había comportado como un héroe. Y ya no hubo más historias. Ahora veía que este político, cuando caminaba de forma oficial, incluso de espaldas, parecía un hombre tímido: lo hacía con los brazos envarados a lo largo del cuerpo, las manos semicerradas formando un puño blando, que, si no servía para dar un golpe autoritario en la mesa del despacho, podía transformarse fácilmente en una garra. El presidente Rodríguez Zapatero no conseguía imprimir a los ojos claros, que siempre suelen ser fríos, una mirada helada por el desdén o la ira, y tampoco infundía temor si sus cejas se le disparaban hacia arriba adoptando un aire luciferino. Cuando se cabreaba, era como si jugara a estar enfadado, pero esta sensación podía ser engañosa porque se trataba de un político que le había quitado a la derecha la longaniza de la boca sin despeinarse. Al principio Zapatero tuvo la suerte de ese jugador novato que juega al póquer o a la ruleta por primera vez, y siempre gana, y con esa idea comenzó a meterse en charcos.

En el inconsciente de la izquierda española está grabada a fuego la creencia de que en este país el poder es una finca de exclusiva propiedad de la derecha. Felipe González llegó a la Moncloa con un aparente desparpajo andaluz, bajo el cual se escondía un respeto reverencial a las sagradas escrituras de la oligarquía: cualquier ley que promulgaba su Gobierno siempre iba envuelta con el temor a que los dueños del cortijo se enfadaran y dieran por terminada la broma. Probablemente, Zapatero se despertaba cada mañana, se restregaba los ojos, miraba a su mujer y también le preguntaba: «¿Sigue siendo verdad todo esto? ¿Seguro que no nos han echado todavía? ¿Hasta cuándo permitirán que juegue a ser presidente del Gobierno?».

Cuando era jefe de la oposición desafió a Estados Unidos, metido en la guerra de Irak, al quedarse sentado en la tribuna de autoridades en el desfile militar en Madrid al paso de la bandera de las barras y las estrellas. En cuanto llegó al poder, Zapatero dejó que el ángel de izquierdas que llevaba dentro mostrara la punta del ala: mandó que regresaran las tropas de Irak y paralizó la Ley Orgánica de Calidad de la Enseñanza, dando un revés a Bush y a los curas al mismo tiempo, pero, sintiéndose turbado por la culpa, se fue con una prisa inusitada a Roma para que le riñera el Papa, y después corrió a abrazar al apóstol Santiago y permitió que el arzobispo le plantara cara en medio de la catedral. Trató en vano de aplacar al clero dándole más dinero a la Iglesia. Destituyó a la cúpula militar, nombró a una mujer ministra de Defensa para que pasara revista a las tropas embarazada de ocho meses —una imagen que dio la vuelta al planeta— y permitió que sus ministras se disfrazaran en la puerta de la Moncloa con modelos de alta costura y se repantigaran sobre pieles salvajes, dejando el marbete de su política en manos de diseñadores y peleteros. Esos bandazos sólo indicaban que Zapatero tampoco se había librado del complejo de okupa. Cuando no se está seguro del terreno que se pisa, uno empieza tratando de agradar a todo el mundo y acaba dejándose fusilar metafóricamente sin protesta alguna para no cabrear al jefe del pelotón. Con el deseo de agradar a todo el mundo Zapatero había emprendido la apasionante aventura de la cordialidad política, que fue el sueño revolucionario de aquellos estetas de la República: enterrar para siempre la quijada de burro con una sonrisa.

Al principio salió indemne de los charcos en que se metía, no se sabe si por arrojo de primerizo o por la suerte que corona siempre al jugador novato. Usaba la sonrisa como un arma. Este político amable, sonriente y educado, con un optimismo antropológico, acabó siendo batido por un oleaje imprevisible, en medio de una crisis mundial que se le echó encima. En ese momento había otro gran bombardeo. Eran los tiempos en que no pasabas por la puerta de un banco sin que alguien te cogiera del brazo y te metiera a la fuerza en el establecimiento, donde te recibía muy amable un señor encorbatado que te regalaba apenas sin interés un crédito para un piso, un local, una parcela, los muebles de la casa, un coche todoterreno, en un solo paquete y te añadía unos diez millones como dinero de bolsillo. «Cógelo, no seas tonto. Dentro de un año lo que compres ahora valdrá cinco veces más.» En Bagdad caían bombas de acero, en el país de Rodríguez Zapatero caían bombas de cemento y ladrillo sobre todos los litorales, en los extrarradios de las ciudades, en las montañas, valles y cañadas. De las infinitas grúas se balanceaban los huevos de oro de los especuladores, de cada pluma de la construcción colgaba el famoso saco de la codicia hasta que un día, de la noche a la mañana, todas las grúas de España se convirtieron en cruces del Gólgota donde fueron crucificados los inocentes, pero ninguno de los ladrones.

Adolfo Suárez recordaba difusamente aquel tiempo en que era gobernador de Segovia y un día sucedió aquella tragedia. En Los Ángeles de San Rafael se celebraba una convención de una cadena de supermercados. Más de quinientas personas de esta empresa comían, bebían y cantaban durante el almuerzo y de pronto todo se vino abajo. Cedió el suelo y todos los invitados fueron tragados por los escombros. El comedor había sido inaugurado sin permiso ni garantías, antes de que la argamasa hubiera fraguado. Suárez se recordaba sacando por debajo de los cascotes con sus propias manos a los muertos y heridos entre el arrojo y las lágrimas.

Ese mismo comedor que se derrumbó en medio de la fiesta de Los Ángeles de San Rafael, impulsado por la codicia de aquel promotor gordo que Suárez se encontró en el bosque, era el mismo que se hundió bajo los pies de Rodríguez Zapatero en medio del festín del ladrillo, sólo que ahora aquel comedor donde los especuladores saciaban su estómago se llama Lehman Brothers, radicado en Wall Street de Nueva York, cuyo desplome tuvo un efecto multiplicador en todo nuestro país. En la tarde del 17 de julio de 2008 en que el rey acudió a la colonia de La Florida a imponerle el Toisón a Adolfo Suárez, el primer presidente del Gobierno de la democracia, en cualquier ciudad de España había cientos de restaurantes repletos de comensales felices cantando, celebrando bautizos, comuniones, bodas y cumpleaños. Sonaban las orquestas de metal. A los postres los comensales bailaban el vals, se repartían ganancias, se firmaban contratos, se doblaban los precios, se descuartizaban montañas enteras sobre planos en los cocederos de mariscos. De pronto, todos los restaurantes se hundieron a la vez. La crisis sorprendió a este presidente con el pie cambiado y a partir de ese momento los muertos y heridos empezaron a exigirle responsabilidad por no prever que el edificio no tenía cimientos y se les iba a caer encima, como así sucedió. Perdió las elecciones y en el bosque comenzaron a sonar tiros de fusilamiento, aunque esta vez no eran pelotones de soldados los que pasaban por las armas a los políticos de la democracia. Suárez recordaba que había sido fusilado. Pero ahora estaba asistiendo a otra matanza. Eran los banqueros, los ejecutivos de las altas finanzas los que detenían a los ciudadanos corrientes y les obligaban a ponerse de espaldas contra la pared brazos en alto, los cacheaban y les robaban la cartera e incluso las monedas que llevaban en los bolsillos. A algunos más reticentes los conducían esposados al centro del bosque, les ponían una venda en los ojos y los llenaban de plomo. Los fusilamientos de gente anónima no sólo sucedían en el bosque. También se realizaban en plena calle, en las puertas de los bancos, en las colas del paro, en las plazas donde estaban sentados los jubilados tomando el sol. Después de ser fusilados todos seguían vivos, aunque obligados a alimentarse con cuellos hormonados de pollo, condenados de por vida a pagar las deudas al banco desde la intemperie en medio de las tinieblas.

*Cuando los héroes de antaño tienen
el futuro en la espalda.*

Aquella tarde del 17 de julio de 2008 el paseo por el jardín de La Florida duró sólo unos minutos, el tiempo protocolario de ir hasta el abeto, rodear los pinos y volver con los zapatos embarrados a la terraza, donde permanecían las copas vacías en la mesa de cristal frente a los sillones y poltronas de mimbre. Antes de tomar asiento de nuevo, Adolfo Suárez se detuvo un momento, miró con insistencia a aquel señor que lo acompañaba y le preguntó: «¿Tú quién eres?». El rey le contestó: «Soy uno de tus mejores amigos». Entonces Suárez pudo sacarse del bolsillo, como otras veces, el papel con un escrito para mostrarlo con orgullo a ese señor que decía ser su amigo. Se lo dio a leer y el rey leyó: «Me has hecho la mujer más feliz todos los días de mi vida». Suárez enseñaba con orgullo ese papel a cualquier persona que sintiera próxima y amable. Era el último mensaje, escrito de puño y letra con temblor, que Amparo Illana le había entregado en el lecho de muerte. Adolfo había estado muy enamorado de su mujer y durante su larga agonía había permanecido al pie de la cama, los dos cogidos de la mano, hasta que expiró. También adoraba a su hija Mariam, pero en ese momento ignoraba que su hija también había muerto de cáncer. Alguien un día trató de comunicarle esa trágica noticia y Suárez le contestó que no toleraba en absoluto esa clase de bromas.

Sentados en las poltronas del jardín entre los familiares e invitados que poco antes habían asistido a la ceremonia íntima de la entrega del Toisón de Oro, se cruzaron las palabras informales que preceden a la despedida y, antes de ponerse en pie, Adolfo Suárez, que había permanecido con la mirada perdida en la copa de los pinos, pareció regresar al presente después de una prolongada ausencia durante la cual se había extraviado en un bosque. Primero comenzó a hablar en voz baja consigo mismo y luego para los demás cuando guardaron silencio. «¿Sabíais que yo un día conocí a un príncipe que partía ladrillos con un golpe de kárate? Ese príncipe un día fue rey de un país lejano adonde yo arribé cuando era marinero de fortuna. Me había enrolado en un barco que no llevaba ningún rumbo conocido. Un día en medio de una tempestad hubo un motín a bordo y yo, que no sabía nada del arte de navegar, me encontré con el timón en las manos y logré llevar el barco a un puerto desolado, donde no había naves atracadas ni mercancías en los tinglados ni oficinas de consignatarios de buques. En el muelle sólo había unos hombres vestidos con chilaba blanca y turbante negro, puestos en círculo, que echaban los dados árabes a quien quisiera saber su destino por un módico precio. Esos dados

estaban fabricados con hueso de colmillos de tigre y carecían de números. Cada una de sus caras
tenía una imagen. Un elefante, un alfanje, un perro, una palmera, un león, una flor. Eché unas
monedas en medio del corro para probar suerte.
Mientras uno de ellos agitaba el cubilete de éba-
no, otro me dijo: "Hermano, si sale la flor, que es
el azahar, serás muy afortunado". En el suelo había arena que el viento había traído del desierto
de alrededor y en ella al caer quedó el dado enterrado. Suavemente uno de aquellos árabes, que
parecía ser el maestro de ceremonias, fue apar-
tando la arena con la mano y descubrió la cara
del dado, que representaba una flor de lis. "¿Cuál
es el augurio?", pregunté. "Llegarás a conocer a
una dama muy hermosa, de piel dorada, de ojos
azules y cabellera resplandeciente, que te guiará a
un palacio donde habita un príncipe que parte ladrillos con un golpe de kárate."»

Los invitados al jardín de La Florida inter-
pretaron que aquella mujer pudo ser la que todos
imaginaban y nadie se atrevía a pronunciar su
nombre. Todos permanecieron callados mientras
Suárez comenzaba a desvelar la otra parte de su
desmemoria. «Tenía delante de mí un desierto y
al otro lado del muelle de aquel puerto desolado
se estaba organizando una caravana de traficantes que se dirigían a una ciudad donde se decía
que había un gran mercado de objetos robados,
viejas casonas de hidalgos arruinados, iglesias y
juzgados, curas, monjas y militares. Sin ninguna

experiencia, me convertí en guía de dromedarios en la travesía de un secarral que parecía no tener fin más allá de unos yesares deslumbrados ante la crueldad del sol, pero un día vislumbramos unos campanarios que sobresalían de unas murallas de color miel sobrevoladas por un anillo de cuervos.» Los invitados al jardín de La Florida se abstuvieron de hacer comentarios. Se miraban unos a otros sonriendo con agrado mientras Suárez describía aquella ciudad, las personas que la habitaban, los sonidos de la lengua extraña que hablaban y el citado bazar. «En aquella ciudad mandaba un tirano. Todo el mundo estaba sometido bajo su bota invisible, pero la gente comerciaba alegremente, cantaba y bailaba, celebraba fiestas, unos comían gallinejas y otros percebes, aunque el poder de aquel sátrapa estaba en el fondo de todas las conciencias. En la plaza principal del gran bazar había un pedestal con un soldado que llevaba en la mano una lata de gasolina. Había una tienda de jades y de ámbar antiguo. Una mujer rubia salió de aquella tienda y me retuvo la mirada. Eran unos ojos azules acuáticos como no había visto nunca. Fue otro azar. De la misma forma que llevé el timón de aquel barco sin conocer las artes de navegar y también llevé a buen término la caravana de traficantes sin conocer la ruta del desierto, de igual manera aquella mujer rubia fijó los ojos en mí entre la multitud que llenaba el mercado y me llevó a un palacio donde vivía un príncipe que partía ladrillos con un golpe de kárate, aunque estaba igualmente sometido a aquel tirano.» Luego Adolfo Suárez calló. Era una historia repetida, que todos daban por sabida e imaginada. El sol ya había doblado la copa de los pinos del jardín de La Florida.

El rey Juan Carlos aprovechó el silencio en que había caído Adolfo Suárez para levantarse de la poltrona del jardín e iniciar la despedida con todos los saludos formales. «Ha sido una tarde muy agradable.» «Gracias por este honor que ha concedido a nuestra familia, señor. Adolfo parece que no se entera, pero percibe la amistad y el cariño de Su Majestad.» Mientras el cuerpo de seguridad se preparaba para ponerse en marcha, el monarca le dio un abrazo a Suárez, quien volvió a repetir lo que le había dicho antes de penetrar en el bosque lácteo: «No te conozco, no sé quién eres, pero creo que te quiero mucho». El rey celebró la frase con una carcajada muy afectuosa y le apretó el brazo a modo de una cálida caricia. A continuación sonaron las voces gangosas de los guardaespaldas reales en las radios de los coches. El monarca de España y su séquito abandonaron la mansión de La Florida y se diluyeron en el rumor del tráfico que fluía por la autopista de La Coruña.

Desde el sillón de la terraza Suárez contempló la espalda de aquel personaje desconocido que se alejaba cojeando un poco y se introducía en un bosque iluminado por una luz cenital, color calabaza, cernida sobre la copa de los pinos y las ramas de los abetos. Recordó que en ese bosque habían sucedido muchas cosas: había presenciado el derrumbe de un restaurante con quinientos comensales que celebraban una fiesta; en un cruce de caminos, en medio de una maraña de helechos, había conocido a un príncipe con el que jugaba al mus de pareja con un gitano; había asistido a un golpe de Estado, había encontrado el rabo de un demonio, había visto navegar muerta a una mujer rubia a flor de la corriente de un río. «¿Qué habrá sido de aquel príncipe? Nada bueno le espera si se pierde como yo en ese bosque. Correrá mucho peligro —pensó—. ¿En qué ribera llena de flores habrá varado el cuerpo de aquella mujer rubia?».

En aquel bosque en el que se había perdido había una feria popular repleta de tiovivos, barracones de tiro al patito, hedor de almendras garrapiñadas, puestos de turroneras, tómbolas con altavoces donde rifaban muñecas y botellas de sidra. Los sacamuelas regalaban peines, otros buhoneros contaban crímenes y hazañas y un ciego a tientas con un puntero explicaba una historia dibujada en múltiples cuadrículas de un gran cartelón colgado de una pared.

«Señoras y caballeros, esto es lo que sucedió en un país llamado España o algo así, en un lugar de sol y moscas. Les voy a contar la historia de un joven aventurero que conmovió los cimientos de la patria. Yo soy ciego, como ustedes pueden ver, pero miren, miren las imágenes que señala la punta de mi bastón. En este primer cuadro hay una guerra entre hermanos; en el siguiente se ven niños muertos de hambre; aquí está la madre de nuestro héroe en una mecedora rezando el rosario; aquí su padre huyendo de la justicia; aquí el conocido tirano que mandaba fusilar mientras desayunaba churros con chocolate; aquí unas beatas arrodilladas ante un cura en un Miércoles de Ceniza; aquí una criada y un soldado follando en el portal de la casa del señorito; aquí un coche utilitario de donde salen un matrimonio, siete hijos y una abuela; aquí el tirano pescando sardinas con un destructor de la armada; aquí el príncipe de maniobras militares en un cuartel con un bocadillo de chorizo en la mano; aquí la gente tomando gambas con gabardina en el bar de la plaza al salir de misa un domingo; aquí nuestro héroe enarbolando una bandera de Acción Católica; aquí el príncipe que es nombrado sucesor del tirano e invitado por él a matar marranos; aquí cuando nuestro héroe se encuentra con la mujer rubia; aquí las mazmorras de la cárcel llenas de rojos; aquí los estudiantes de la universidad arrojando tazas de retrete sobre los caballos de la policía armada; aquí el tirano a punto de estirar la pata; aquí su entierro en el panteón del Valle de los Caídos; aquí el príncipe que se convierte en rey; aquí la mujer rubia que juega al bridge con el rey y nuestro héroe con las cartas marcadas; aquí nuestro héroe que hace juego de manos en el Congreso de los Diputados; aquí un guardia civil con bigote que trata de poner a la patria bajo su tricornio;

aquí nuestro héroe que se rebela; aquí sus amigos le apuñalan por la espalda; aquí nuestro héroe se pierde en el bosque.

»Señoras y caballeros, esto es lo que le sucedió a nuestro héroe en el bosque. Caminando con la memoria perdida se encontró con un pelotón de fusilamiento y sin otra orden que la que daba el destino fue pasado por las armas, pero de ellas salió indemne y siguió caminando. Un día divisó una claridad. Esa claridad era la de una fogata. La rodeaban guerreros de tez amarilla y ojos oblicuos. No lo reconocieron, pero le dieron acogida. Como esencialmente estaba dispuesto a todo, participó en batallas en una geografía del todo ignorada por él. Era un político: no le importaban las causas y estaba listo a morir. Pasaron los años, él se había olvidado de todo y llegó un día en que se pagó a la tropa y entre las monedas había una que lo inquietó. La retuvo en la palma de la mano y dijo: "Eres un hombre viejo; ésta es la medalla que hice acuñar para la victoria de la libertad cuando yo era Adolfo Suárez". El héroe recobró en ese momento su pasado y volvió a ser un mercenario tártaro o chino o lo que fuere.»

# Nota a los lectores

Las novelas crean realidades en sí mismas, con su propia dinámica, y no hay mayor deleite para un lector que el de creerse los episodios narrados en un libro. En esta historia he creado un juego literario entre la realidad y la ficción cuyas reglas, no me cabe duda, serán comprendidas y aceptadas por cualquier lector agudo.

# Sobre el autor

**Manuel Vicent,** escritor y periodista valenciano, ha publicado en Alfaguara novelas como *Tranvía a la Malvarrosa* (1994), *Jardín de Villa Valeria* (1996) —ambas recogidas junto con *Contra Paraíso* en el volumen *Otros días, otros juegos* (2002)—, *Pascua y naranjas* (1966), *Son de Mar* (Premio Alfaguara 1999), *La novia de Matisse* (2000), *Cuerpos sucesivos* (2003), *Verás el cielo abierto* (2005), *León de ojos verdes* (2008) y *Aguirre, el magnífico* (2011). También es autor de la antología *Los mejores relatos* (1997) y de las colecciones de artículos *Nadie muere la víspera* (2004), *Las horas paganas* (1998), *Viajes, fábulas y otras travesías* (2006), *Póquer de ases* (2009) y *Mitologías* (2012).

Este libro
se terminó de imprimir en
Madrid (España)
en el mes de diciembre de 2012

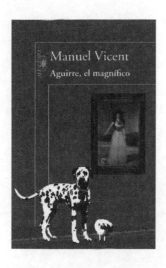

# AGUIRRE, EL MAGNÍFICO
## *Manuel Vicent*

### Un clérigo volteriano se convirtió en duque de Alba.

Este relato no es exactamente una biografía de Jesús Aguirre, sino un retablo ibérico donde este personaje se refleja en los espejos deformantes del callejón del Gato, como una figura de la corte de los milagros de Valle-Inclán. Medio siglo de la historia de España forma parte de este esperpento literario.

Esta travesía escrita en primera persona es también un trayecto de mi propia memoria y en ella aparece el protagonista Jesús Aguirre, el magnífico, rodeado de teólogos alemanes, escritores, políticos y aristócratas de una época, de sucesos, pasiones, éxitos y fracasos de una generación que desde la alcantarilla de la clandestinidad ascendió a los palacios. Un perro dálmata se pasea entre los libros de ensayo de la Escuela de Fráncfort como un rasgo intelectual de suprema elegancia.

Jesús Aguirre, decimoctavo duque de Alba por propios méritos de una gran escalada, sintetiza esta crónica, que va desde la postguerra hasta el inicio de este siglo. Su vida fantasmagórica, pese a ser tan real, no puede distinguirse de la ficción literaria.

MANUEL VINCENT

# Alfaguara es un sello editorial del Grupo Santillana

## www.alfaguara.com

**Argentina**
www.alfaguara.com/ar
Av. Leandro N. Alem, 720
C 1001 AAP Buenos Aires
Tel. (54 11) 41 19 50 00
Fax (54 11) 41 19 50 21

**Bolivia**
www.alfaguara.com/bo
Calacoto, calle 13 n° 8078
La Paz
Tel. (591 2) 279 22 78
Fax (591 2) 277 10 56

**Chile**
www.alfaguara.com/cl
Dr. Aníbal Ariztía, 1444
Providencia
Santiago de Chile
Tel. (56 2) 384 30 00
Fax (56 2) 384 30 60

**Colombia**
www.alfaguara.com/co
Carrera 11A, n° 98-50, oficina 501
Bogotá DC
Tel. (571) 705 77 77

**Costa Rica**
www.alfaguara.com/cas
La Uruca
Del Edificio de Aviación Civil 200 metros
    Oeste
San José de Costa Rica
Tel. (506) 22 20 42 42 y 25 20 05 05
Fax (506) 22 20 13 20

**Ecuador**
www.alfaguara.com/ec
Avda. Eloy Alfaro, N 33-347 y Avda. 6 de
    Diciembre
Quito
Tel. (593 2) 244 66 56
Fax (593 2) 244 87 91

**El Salvador**
www.alfaguara.com/can
Siemens, 51
Zona Industrial Santa Elena
Antiguo Cuscatlán - La Libertad
Tel. (503) 2 505 89 y 2 289 89 20
Fax (503) 2 278 60 66

**España**
www.alfaguara.com/es
Avenida de los Artesanos, 6
28760 Tres Cantos, Madrid
Tel. (34 91) 744 90 60
Fax (34 91) 744 92 24

**Estados Unidos**
www.alfaguara.com/us
2023 N.W. 84th Avenue
Miami, FL 33122
Tel. (1 305) 591 95 22 y 591 22 32
Fax (1 305) 591 91 45

**Guatemala**
www.alfaguara.com/can
26 avenida 2-20
Zona n° 14
Guatemala CA
Tel. (502) 24 29 43 00
Fax (502) 24 29 43 03

**Honduras**
www.alfaguara.com/can
Colonia Tepeyac Contigua a Banco Cuscatlán
Frente Iglesia Adventista del Séptimo Día,
    Casa 1626
Boulevard Juan Pablo Segundo
Tegucigalpa, M. D. C.
Tel. (504) 239 98 84

**México**
www.alfaguara.com/mx
Avda. Río Mixcoac, 274
Colonia Acacias, C.P. 03240
Benito Juárez, México D.F.
Tel. (52 5) 554 20 75 30
Fax (52 5) 556 01 10 67

**Panamá**
www.alfaguara.com/cas
Vía Transísmica, Urb. Industrial Orillac,
Calle segunda, local 9
Ciudad de Panamá
Tel. (507) 261 29 95

**Paraguay**
www.alfaguara.com/py
Avda. Venezuela, 276,
entre Mariscal López y España
Asunción
Tel./fax (595 21) 213 294 y 214 983

**Perú**
www.alfaguara.com/pe
Avda. Primavera 2160
Santiago de Surco
Lima 33
Tel. (51 1) 313 40 00
Fax (51 1) 313 40 01

**Puerto Rico**
www.alfaguara.com/mx
Avda. Roosevelt, 1506
Guaynabo 00968
Tel. (1 787) 781 98 00
Fax (1 787) 783 12 62

**República Dominicana**
www.alfaguara.com/do
Juan Sánchez Ramírez, 9
Gazcue
Santo Domingo R.D.
Tel. (1809) 682 13 82
Fax (1809) 689 10 22

**Uruguay**
www.alfaguara.com/uy
Juan Manuel Blanes 1132
11200 Montevideo
Tel. (598 2) 410 73 42
Fax (598 2) 410 86 83

**Venezuela**
www.alfaguara.com/ve
Avda. Rómulo Gallegos
Edificio Zulia, 1°
Boleita Norte
Caracas
Tel. (58 212) 235 30 33
Fax (58 212) 239 10 51